ARSÈNE LUPIN

MAURICE LEBLANC

ARSÈNE LUPIN
CONTRA SHERLOCK SHOLMES

Tradução
Luciene Ribeiro dos Santos

Esta é uma publicação Principis, selo exclusivo da Ciranda Cultural
© 2021 Ciranda Cultural Editora e Distribuidora Ltda.

Traduzido do original em francês
Arsène Lupin contre Herlock Sholmès

Texto
Maurice Leblanc

Tradução
Luciene Ribeiro dos Santos

Preparação
Fernanda R. Braga Simon

Revisão
Agnaldo Alves

Diagramação
Fernando Laino | Linea Editora

Produção editorial e projeto gráfico
Ciranda Cultural

Imagens
ducu59us/Shutterstock.com;
Dervish45/Shutterstock.com;
Jeff Bird/Shutterstock.com

Capa
Francisco Moreira Júnior

Ilustrações do miolo
Vicente Mendonça

Dados Internacionais de Catalogação na Publicação (CIP) de acordo com ISBD

L445a   Leblanc, Maurice
             Arsène Lupin contra Herlock Sholmes / Maurice Leblanc ; traduzido
        por Luciene Ribeiro dos Santos. - Jandira, SP : Principis, 2021.
        224 p. ; 15,5cm x 22,6cm. - (Clássicos da literatura mundial)

             Tradução de: Arsène Lupin contre Herlock Sholmes
             Inclui índice.
             ISBN: 978-65-5500-501-1

             1. Literatura francesa. 2. Romance. 3. Ficção. I. Santos, Luciene Ribeiro
        dos. II. Título. III. Série.

| | | CDD 843 |
| 2020-3299 | | CDU 821.133.1-3 |

Elaborado por Odilio Hilario Moreira Junior - CRB-8/9949

Índice para catálogo sistemático:
1. Literatura francesa 843
2. Literatura francesa 821.133.1-3

1ª edição em 2021
www.cirandacultural.com.br
Todos os direitos reservados.
Nenhuma parte desta publicação pode ser reproduzida, arquivada em sistema de busca ou
transmitida por qualquer meio, seja ele eletrônico, fotocópia, gravação ou outros, sem prévia
autorização do detentor dos direitos, e não pode circular encadernada ou encapada de maneira distinta daquela em que foi publicada, ou sem que as mesmas condições sejam impos-
tas aos compradores subsequentes.

SUMÁRIO

Primeiro episódio – A mulher loura...6

   1. Número 514, série 23...9

   2. O diamante azul 38

   3. Herlock Sholmes inicia as hostilidades...63

   4. Um pouco de luz sobre as trevas...88

   5. Um sequestro... 110

   6. A segunda prisão de Arsène Lupin... 135

Segundo episódio – A lâmpada judaica 160

   1. 163

   2. 193

PRIMEIRO EPISÓDIO

A MULHER LOURA

1
NÚMERO 514, SÉRIE 23

No dia 8 de dezembro do ano passado, o senhor Gerbois, professor de matemática no liceu de Versalhes, descobriu, em meio à bagunça de uma loja de antiguidades, uma pequena escrivaninha de mogno que lhe agradou pela abundância de gavetas.

"Justamente do que eu preciso para o aniversário de Suzanne", pensou.

E como, na medida de seus modestos recursos, fazia de tudo para alegrar a filha, discutiu o preço e pagou a soma de sessenta e cinco francos.

No momento em que fornecia seu endereço para a entrega, um rapaz de maneiras elegantes, após bisbilhotar aqui e ali, percebeu o móvel e perguntou:

– Quanto?

– Está vendido – respondeu o comerciante.

– Ah!... Ao cavalheiro, talvez?

O senhor Gerbois fez uma saudação e, mais feliz ainda por possuir o móvel cobiçado por um semelhante, retirou-se.

Mas não dera dez passos na rua quando foi alcançado pelo rapaz, que, de chapéu na mão e num tom de perfeita cortesia, interpelou-o:

– Peço-lhe mil desculpas, cavalheiro… Tenho uma pergunta indiscreta a lhe fazer… O senhor estava procurando especialmente essa escrivaninha?

– Não. Estava atrás de uma balança em oferta para algumas experiências de física.

– Quer dizer que não faz muita questão dela?

– Gostei dela, só isso.

– Porque é antiga, talvez?

– Porque é prática.

– Nesse caso, consentiria em trocar por uma escrivaninha igualmente prática, porém em melhor estado?

– Esta acha-se em bom estado e a troca me parece inútil.

– No entanto…

O senhor Gerbois é um homem que se irrita com facilidade, exibindo um temperamento suscetível. Respondeu secamente:

– Por favor, cavalheiro, não insista.

O desconhecido plantou-se à sua frente.

– Ignoro o preço que pagou, senhor… Ofereço-lhe o dobro.

– Não.

– O triplo?

– Oh! Paremos por aqui – exclamou o professor, impaciente. – O que me pertence não está à venda.

O rapaz fitou-o detidamente, com uma cara que o senhor Gerbois não iria esquecer; depois, sem uma palavra, girou nos calcanhares e se afastou.

Uma hora depois, entregavam o móvel na casinha que o professor ocupava na estrada de Viroflay. Ele chamou a filha.

– É para você, Suzanne, claro, se for do seu gosto.

Suzanne era uma moça bonita, expansiva e feliz. Atirou-se no pescoço do pai e o abraçou com a mesma alegria que o teria feito se ele a tivesse presenteado com algo suntuoso.

Naquela mesma noite, após instalá-la no seu quarto com a ajuda de Hortense, a empregada, limpou as gavetas e arrumou cuidadosamente seus papéis, suas caixas de envelopes, sua correspondência, suas coleções de cartões-postais e algumas lembranças furtivas que ela conservava afetuosamente de seu primo Philippe.

No dia seguinte, às sete e meia, o senhor Gerbois dirigiu-se ao liceu. Às dez horas, Suzanne, obedecendo a um hábito cotidiano, esperava-o na saída, e para ele era um grande prazer avistar, na calçada defronte do portão, sua figura graciosa e seu sorriso de criança.

Voltaram juntos.

– E sua escrivaninha?

– Simplesmente maravilhosa! Hortense e eu polimos os detalhes em cobre. Ficou parecendo ouro.

– Então está contente?

– Se estou contente?! Nem sei como pude viver sem ela até aqui.

Atravessaram o jardim que precedia a casa. O senhor Gerbois sugeriu:

– Vamos dar uma olhada nela antes do almoço?

– Oh, sim! Boa ideia.

Ela subiu primeiro, mas, ao chegar à porta do quarto, deu um grito de estupefação.

– O que houve afinal? – balbuciou o senhor Gerbois.

Em seguida, entrou no quarto. A escrivaninha não estava mais lá.

O que espantou o juiz de instrução foi a admirável simplicidade dos meios aplicados. Na ausência de Suzanne, e enquanto a empregada fazia suas compras, um transportador, devidamente identificado – vizinhos viram sua placa –, parara sua carroça em frente ao jardim e tocara duas vezes. Os vizinhos, ignorando a ausência da empregada, não alimentaram nenhuma suspeita, de modo que o indivíduo executou o serviço na mais absoluta tranquilidade.

Com o seguinte detalhe: nenhum armário fora arrombado, nenhum relógio de parede, deslocado. Como se não bastasse, o porta-moedas de

Suzanne, que ela deixara sobre o tampo de mármore da escrivaninha, estava na mesa ao lado com as moedas de ouro que continha. A motivação do roubo, portanto, estava claramente determinada, o que o tornava ainda mais inexplicável, pois, afinal, por que correr tantos riscos por butim tão irrisório?

A única pista que o professor pôde fornecer foi o incidente da véspera.

– Na mesma hora o rapaz manifestou, ante minha recusa, uma profunda contrariedade, e tive a impressão muito nítida de que se despedia com uma ameaça.

Era muito vago. Interrogaram o antiquário. Ele não reconheceu nenhum dos dois cavalheiros. Quanto ao objeto, comprara-o por quarenta francos na Chevreuse, após um leilão decorrente de um falecimento, e julgava tê-lo revendido por seu justo valor. A investigação que se seguiu não acrescentou nada de novo.

Mas o senhor Gerbois continuou persuadido de que sofrera um prejuízo enorme. Uma fortuna devia estar dissimulada no fundo falso de uma das gavetas, sendo esta a razão pela qual o rapaz, conhecedor do esconderijo, agira com tal determinação.

– O que teríamos feito com essa fortuna, paizinho? – ecoou Suzanne.

– O quê?! Ora, com um dote desses, você poderia aspirar aos melhores partidos.

Suzanne, que limitava suas pretensões ao primo Philippe, um partido medíocre, suspirava amargamente. E a vida continuou na casinha de Versalhes, menos alegre, menos despreocupada, nublada por arrependimentos e decepções.

Transcorreram dois meses. E, subitamente, um atrás do outro, os acontecimentos mais graves, uma série inesperada de coincidências e catástrofes!...

No dia 1º de fevereiro, às cinco e meia, o senhor Gerbois, que acabava de chegar com um jornal vespertino nas mãos, sentou-se, colocou seus óculos e começou a ler. Não se interessando por política, virou a página. Imediatamente uma manchete chamou sua atenção:

Terceiro sorteio da loteria das Associações da Imprensa.
O número 514, série 23, ganha um milhão...

O jornal escorregou-lhe das mãos. As paredes vacilaram diante de seus olhos, e seu coração parou de bater. O número 514, série 23, era o seu número!

Comprara-o por acaso, para fazer um favor a um amigo, pois não acreditava nem um pouco nos favores do destino, e eis que ganhava!

Imediatamente, pegou sua caderneta. Ali estava, na primeira folha, o número 514, série 23, para que ele não esquecesse. Mas e o bilhete?

Correu em direção ao seu gabinete de trabalho para procurar na caixa de envelopes, entre os quais esgueirara o precioso bilhete, e, mal entrou, estacou, vacilando novamente, com um aperto no coração: a caixa de envelopes não estava ali e, coisa aterradora, ele subitamente se dava conta de que não estava ali havia um bom tempo! Fazia semanas que a deixara de ver à sua frente nas horas em que corrigia os deveres de seus alunos!

Um barulho no cascalho do jardim... Ele chamou:

– Suzanne! Suzanne!

A filha veio correndo. Subiu precipitadamente. O pai balbuciou, com a voz engasgada:

– Suzanne... a caixa... a caixa de envelopes?...

– Qual?

– A do Louvre... que eu tinha trazido uma quinta-feira... e que ficava na ponta desta mesa.

– Ora, não se lembra, pai? Estávamos juntos quando a guardamos...

– Quando...

– Aquela noite... você sabe... Na véspera do dia...

– Mas onde?... Responda... Está me matando...

– Onde?... Na escrivaninha.

– Na escrivaninha que foi roubada?

– Sim.

– Na escrivaninha que foi roubada!

Repetiu essas palavras baixinho, com uma espécie de pavor. Em seguida agarrou a mão da filha e, num tom ainda mais baixo:

– Ela continha um milhão, Suzanne...

– Ah, pai, por que não me contou? – ela murmurou ingenuamente.

– Um milhão! – ele repetiu. – Era o número vencedor da loteria da Imprensa.

A dimensão do desastre os aniquilava, e por muito tempo conservaram um silêncio que não tinham coragem de romper.

Por fim, Suzanne articulou:

– Mas, pai, eles vão lhe pagar de qualquer maneira.

– A troco do quê? Com que provas?

– Então é preciso provas?

– Que pergunta!

– E você não tem?

– Sim, tenho uma.

– E não basta?

– Ela estava na caixa.

– Na caixa que desapareceu?

– Sim. E outro porá as mãos no dinheiro.

– Mas isso é abominável! Ora, papai, você não pode se opor?

– Sabe-se lá! Sabe-se lá! Esse homem deve ser muito forte! Dispõe de muitos recursos! Lembre-se... o caso desse móvel...

O senhor Gerbois levantou-se num sobressalto, batendo com o pé no chão:

– Pois bem, não, não, ele não receberá esse milhão, não receberá! Por que o receberia? Afinal, por mais hábil que seja, tampouco pode fazer nada. Caso se apresente para receber, será engaiolado! Ah, veremos, meu rapaz!

Arsène Lupin contra Herlock Sholmes

– Tem então uma ideia, pai?

– Defender nossos direitos até o fim, aconteça o que acontecer! E triunfaremos!... O milhão me pertence: eu o terei!

Alguns minutos mais tarde, mandou o seguinte telegrama:

Caixa Econômica Federal, rua Capucines, Paris.
Sou detentor do número 514, série 23. Rejeite por todas as vias legais qualquer reivindicação alheia. Gerbois

Quase ao mesmo tempo, chegava à Caixa Econômica este outro telegrama:

O número 514, série 23, está em minhas mãos.

Arsène Lupin

Sempre que começo a contar alguma das inumeráveis aventuras de que se compõe a vida de Arsène Lupin, fico muito confuso, pois me parece que até a mais desimportante dessas aventuras já é do conhecimento de todos os que me lerão. De fato, não há um gesto do nosso "ladrão nacional", como o apelidaram tão graciosamente, que não tenha sido assinalado da maneira mais bombástica, nenhuma façanha que não tenha sido estudada sob todos os seus ângulos, nenhum ato que não tenha sido comentado com essa abundância de detalhes que costumamos reservar ao relato das ações heroicas.

Quem não conhece, por exemplo, a estranha história da *Mulher Loura*, com aqueles episódios curiosos que geravam manchetes bombásticas: *O número 514, série 23... O crime da avenida Henri-Martin!... O diamante azul!...* Que alvoroço causou a intervenção do famoso detetive inglês Herlock Sholmes! Que efervescência após cada uma das peripécias que marcaram a luta desses dois grandes artistas! E que agitação nas ruas, o dia em que os jornaleiros vociferavam: *"A prisão de Arsène Lupin!"*.

Minha desculpa é que trago uma novidade: trago a chave do enigma. Subsiste sempre um pouco de sombra em torno dessas aventuras: eu a dissipo. Reproduzo artigos lidos e relidos, copio antigas entrevistas: mas tudo isso eu coordeno, classifico, submeto à exatidão da verdade. Meu colaborador é Arsène Lupin, cuja indulgência a meu respeito é inesgotável. E é também, no caso, o inefável Wilson, amigo e confidente de Sholmes.

Todos se lembram da formidável gargalhada que acolheu a publicação dos dois telegramas. O próprio nome de Arsène Lupin já era uma garantia de imprevisibilidade, uma promessa de divertimento para a plateia. E a plateia era o mundo inteiro.

Das buscas imediatamente operadas pela Caixa Econômica, resultou que o número 514, série 23, fora vendido por intermédio do Crédit Lyonnais, sucursal de Versalhes, ao comandante de artilharia Bessy. Ora, o comandante morrera em consequência de uma queda de cavalo. Soube--se, por colegas com quem ele se abrira, que, pouco antes da sua morte, ele cedera seu bilhete a um amigo.

– Esse amigo sou eu – afirmou o senhor Gerbois.

– Prove – objetou o diretor da Caixa Econômica.

– Quer que eu prove? É fácil. Vinte pessoas lhe dirão que eu mantinha relações assíduas com o comandante e que nos encontrávamos no café da Place des Armes. Foi ali que, um dia, para confortá-lo num momento difícil, comprei seu bilhete pela soma de vinte francos.

– Tem testemunhas desse negócio?

– Não.

– Nesse caso, em que baseia sua reivindicação?

– Na carta que ele me escreveu a respeito.

– Que carta?

– Uma carta que tinha o bilhete grampeado.

– Mostre-a.

– Mas ela estava na escrivaninha roubada!

– Encontre-a.

Arsène Lupin, por sua vez, divulgou-a. Inserida pelo *Écho de France* – o qual tem a honra de ser seu órgão oficial, e do qual ele é, parece, um dos principais acionistas –, uma nota comunicou que ele entregava nas mãos do doutor Detinan, seu advogado, a carta que o comandante Bessy lhe escrevera, a ele pessoalmente.

Foi uma explosão de alegria: Arsène Lupin contratava um advogado! Arsène Lupin, em respeito às leis estabelecidas, designava um membro do foro para representá-lo!

Toda a imprensa acorreu à casa do doutor Detinan, deputado radical influente, homem ao mesmo tempo de alta probidade e inteligência aguda, um pouco cético, frequentemente paradoxal.

O doutor Detinan nunca tivera o prazer de encontrar Arsène Lupin – o que lamentava profundamente –, mas, com efeito, acabava de receber instruções suas, e, muito lisonjeado com a escolha, cuja imensa honra sentia, era sua intenção defender vigorosamente o direito de seu cliente. Abriu então o dossiê recém-constituído e, sem rodeios, exibiu a carta do comandante. Ela provava claramente a cessão do bilhete, mas não mencionava o nome do adquirente. Meu caro amigo... dizia simplesmente.

"Meu caro amigo" sou eu, acrescentava Arsène Lupin, num bilhete anexado à carta do comandante. E a melhor prova é que tenho a carta comigo.

A nuvem de repórteres aportou imediatamente na casa do senhor Gerbois, que só fazia repetir:

– "Meu caro amigo" não é outro senão eu. Arsène Lupin roubou a carta do comandante com o bilhete de loteria.

– Que ele prove! – replicou Lupin aos jornalistas.

– Mas se foi ele que roubou a escrivaninha! – exclamou o senhor Gerbois perante os mesmos jornalistas.

E Lupin retrucou:

– Que ele prove!

E foi um espetáculo encantadoramente delirante esse duelo público entre os dois detentores do número 514, série 23, as idas e vindas dos repórteres, o sangue-frio de Arsène Lupin diante da agonia do pobre senhor Gerbois.

O noticiário estava repleto das lamentações do infeliz! Ele expunha suas tribulações com uma ingenuidade tocante.

– Compreendam, senhores, é o dote de Suzanne que o patife está me roubando! De minha parte, pessoalmente, estou me lixando, mas e Suzanne? Pensem um pouco, um milhão! Dez vezes cem mil francos! Ah, eu bem sabia que a escrivaninha continha um tesouro!

Em vão lhe objetaram que, ao levar o móvel, seu adversário ignorava a presença de um bilhete de loteria e que, de toda forma, ninguém podia prever que aquele bilhete tiraria a sorte grande. O senhor Gerbois gemia:

– Ora vamos, ele sabia!... Caso contrário, por que se daria ao trabalho de roubar aquele traste?

– Por razões desconhecidas, mas certamente não para se apoderar de um pedaço de papel que valia então a modesta soma de vinte francos.

– A soma de um milhão! Ele sabia disso... Ele sabe tudo!... Ah, vocês não conhecem o bandido!... Ele não lhes surrupiou um milhão!

O diálogo poderia ter-se estendido. Contudo, no décimo segundo dia, o senhor Gerbois recebeu de Arsène Lupin uma missiva que trazia a inscrição "confidencial". Leu-a com crescente inquietude:

Senhor, a opinião pública se diverte à nossa custa. Não julga chegado o momento de falarmos sério? De minha parte, estou firmemente decidido a isso.

A situação é clara: possuo um bilhete que não dá, a mim, o direito de receber, enquanto o senhor tem o direito de receber, mas não possui o bilhete. Logo, nada podemos um sem o outro.

Ora, nem o senhor consentiria em me ceder SEU direito, nem eu em lhe ceder MEU bilhete. O que fazer?

Só vejo um meio, dividir. Meio milhão para o senhor, meio milhão para mim. Não é equânime? E essa sentença de Salomão não satisfaz à sede de justiça que ambos sentimos?

Solução justa, mas solução imediata. Não é uma oferta a ser discutida, mas uma necessidade à qual as circunstâncias o obrigam a curvar-se. Dou-lhe três dias para refletir. Na manhã de sexta-feira, gostaria de ler, nos classificados do Écho de France, uma discreta mensagem dirigida ao senhor Ars. Lup. e contendo, em termos velados, sua adesão pura e simples ao pacto que lhe proponho. Mediante o que o senhor entrará na posse imediata do bilhete e receberá o milhão – disposto a me entregar quinhentos mil francos pela via que lhe indicarei posteriormente.

Em caso de recusa, tomarei minhas providências para que o resultado seja idêntico. Mas, além dos aborrecimentos muito graves que lhe causaria tal obstinação, o senhor ainda acabaria descontado em vinte e cinco mil francos, a título de despesas suplementares.

Queira aceitar, senhor, a expressão dos meus sentimentos mais respeitosos.

Arsène Lupin

Exasperado, o senhor Gerbois cometeu o erro crasso de mostrar essa carta e permitir que a copiassem. Sua indignação o impelia a todas as tolices.

– Nada! Ele não terá nada! – exclamou, perante o enxame de repórteres. – Dividir o que me pertence? Jamais. Que rasgue o bilhete, se preferir!

"No entanto, quinhentos mil francos é melhor do que nada.

"Não se trata disso, mas do meu direito, e esse direito eu o farei prevalecer nos tribunais.

"Processar Arsène Lupin? Seria engraçado.

"Não, mas a Caixa Econômica. Ela tem obrigação de me entregar o milhão.

"Contra a apresentação do bilhete, ou pelo menos contra a prova de que o comprou.

"A prova existe, uma vez que Arsène Lupin confessa que roubou a escrivaninha.

"A palavra de Arsène Lupin bastará nos tribunais?

"Não importa, vou processá-lo."

A opinião pública vibrava. Apostas foram feitas, uns sustentando que Lupin destruiria o senhor Gerbois, outros que este seria destruído por suas próprias ameaças. E reinava uma espécie de aflição, de tal forma eram desiguais as forças entre os adversários, um tão audacioso em seu ataque, o outro, assustado como um animal ferido.

Na sexta-feira, o *Écho de France* teve sua tiragem esgotada e sua quinta página, seção dos classificados, avidamente esquadrinhada. Nenhuma linha era dirigida ao senhor Ars. Lup. Às injunções de Arsène Lupin, o senhor Gerbois respondia com o silêncio. A guerra estava declarada.

À noite, todos souberam pelos jornais do rapto da senhorita Gerbois.

O que nos regozija nos espetáculos de Arsène Lupin é o papel eminentemente cômico da polícia. Tudo se passa à sua margem. Ele fala, escreve, previne, ordena, ameaça, executa, como se não existissem nem chefe da Sûreté nem agentes ou comissários – ninguém, enfim, que o pudesse deter em seus desígnios. Tudo isso é considerado como nulo e inexistente. O obstáculo não conta.

O que não quer dizer que a polícia não se empenhe! Em se tratando de Arsène Lupin, de alto a baixo das hierarquias, todo mundo pega fogo, ferve, espuma de raiva. É o inimigo, e o inimigo ri da sua cara, provoca-o, menospreza-o ou, o que é pior, ignora-o.

O que fazer contra semelhante inimigo? Às nove e quarenta, segundo o depoimento da empregada, Suzanne deixava a casa. Às dez e cinco, ao sair do liceu, seu pai não a avistou na calçada onde ela costumava esperá-lo. Logo, tudo acontecera durante a curta caminhada de vinte minutos que conduzira Suzanne de sua casa até o liceu, ou pelo menos até as cercanias do liceu.

Dois vizinhos afirmaram ter cruzado com ela a trezentos passos de casa. Uma senhora vira caminhar ao longo da avenida uma moça cuja descrição correspondia à dela. E depois? Depois não se sabia.

Procuraram de todos os lados, interrogaram os funcionários das estações ferroviárias e do pedágio. Ninguém reparara em nada naquele dia que pudesse estar ligado ao rapto de uma moça. No entanto, em Ville-d'Avray, um merceeiro declarou ter vendido óleo para um automóvel fechado que chegava de Paris. No assento da frente estava um motorista, no banco de trás uma mulher loura – louríssima, enfatizou a testemunha. Uma hora mais tarde, o automóvel voltava de Versalhes. Um problema no carro obrigou-o a desacelerar, o que permitiu ao merceeiro constatar, ao lado da mulher loura já vista, a presença de outra mulher, esta envolta em xales e véus. Não havia dúvida de que fosse Suzanne Gerbois.

Mas então tudo levava a crer que o rapto acontecera à luz do dia, numa rua movimentada, em pleno centro da cidade!

Como? Onde, precisamente? Nenhum grito foi ouvido, nenhum movimento suspeito foi observado.

O merceeiro forneceu a descrição do automóvel, uma limusine vinte e quatro cavalos da marca Peugeon, com a carroceria azul-escura. Por via das dúvidas, informaram-se com a diretora da Garagem Central, a senhora Bob-Walthour, preciosa informante no que se refere a raptos por automóvel. Na manhã da sexta-feira, com efeito, ela alugara, por um dia, uma limusine Peugeon a uma moça loura, que, aliás, não voltara a ver.

– Mas e o motorista?

– Era um tal de Ernest, contratado na véspera, com base em excelentes referências.

– Ele está aqui?

– Não, levou o carro e não voltou.

– Não podemos encontrar seu rastro?

– Certamente, com as pessoas que o recomendaram. Aqui estão seus nomes.

Foram à casa dessas pessoas. Nenhuma delas conhecia o tal Ernest.

Quer dizer, todas as pistas seguidas para sair das trevas levavam a outras trevas e outros enigmas.

O senhor Gerbois não tinha forças para sustentar uma batalha que começava de maneira tão desastrosa para ele. Inconsolável desde o desaparecimento da filha, martirizado pelos remorsos, capitulou.

Um anúncio classificado publicado no *Écho de France*, e que todo mundo comentou, admitiu francamente sua rendição, sem rodeios.

Era a vitória, a guerra terminada em quatro vezes vinte e quatro horas. Dois dias depois, o senhor Gerbois atravessava o pátio da Caixa Econômica.

Introduzido junto ao diretor, estendeu o número 514, série 23. O diretor teve um sobressalto.

– Ah, está com ele? Devolveram-lhe?

– Estava extraviado, aqui está ele – respondeu o senhor Gerbois.

– Mas o senhor pretendia... aventou-se...

– Tudo não passa de mexericos e mentiras.

– Mas de toda forma precisaríamos de documentos comprobatórios.

– A carta do comandante é suficiente?

– Naturalmente.

– Aqui está ela.

– Perfeito. Queira deixar essas provas conosco. Temos quinze dias para verificação. Avisarei tão logo possa se apresentar ao nosso caixa. Até lá, cavalheiro, creio que tem todo interesse em não se pronunciar e encerrar este caso no silêncio mais absoluto.

– É a minha intenção.

O senhor Gerbois não falou mais nada, tampouco o diretor. Mas há segredos que vêm à luz sem que se cometa qualquer indiscrição, e logo

Arsène Lupin contra Herlock Sholmes

transpirou que Arsène Lupin tivera a audácia de enviar ao senhor Gerbois o número 514, série 23! A notícia foi recebida com uma admiração estupefata. Decididamente, era um belo jogador aquele que lançava na mesa um trunfo de tal importância, o valioso bilhete! Decerto só se desfazia dele pensadamente e em troca de uma carta que restabelecia o equilíbrio. Mas e se a moça escapasse? E se conseguissem resgatar a refém que ele mantinha cativa?

A polícia percebeu o ponto fraco do inimigo e redobrou os esforços. Arsène Lupin desarmado, depenado por si próprio, preso na engrenagem de suas manobras, sem receber um miserável tostão do milhão cobiçado... imediatamente os trocistas viravam casaca.

Mas era preciso encontrar Suzanne. E esta não era encontrada, tampouco escapava!

Vá lá, diziam, é ponto pacífico, Arsène vence o primeiro *set*. Contudo, o mais difícil resta por fazer! A senhorita Gerbois está em suas mãos, assentimos, e ele só a libertará por quinhentos mil francos. Mas onde e como se dará a troca? Para que se faça a troca, é necessário um encontro, e então o que impede o senhor Gerbois de avisar a polícia e, assim, recuperar a filha, conservando ao mesmo tempo o dinheiro?

Entrevistaram o professor. Muito abatido, inflexível em seu silêncio, permaneceu impenetrável.

– Sem comentários, estou na expectativa.

– E a senhorita Gerbois?

– As buscas continuam.

– Mas Arsène Lupin lhe escreveu?

– Não.

– Confirma isso?

– Não.

– Então escreveu. Que instruções ele deu?

– Sem comentários.

Cercaram o doutor Detinan. Mesma discrição.

– O senhor Lupin é meu cliente – ele respondia, afetando gravidade –, os senhores compreendem que eu me veja compelido à reserva mais absoluta.

Todos esses mistérios irritavam a opinião pública. Evidentemente, planos eram tramados na sombra. Arsène Lupin dispunha e cerrava as malhas de sua rede, enquanto a polícia estabelecia uma vigilância de dia e noite em torno do senhor Gerbois. E contemplavam-se os três únicos desfechos possíveis: a prisão, o triunfo ou a derrota ridícula e humilhante.

Aconteceu, porém, que a curiosidade do público só veio a ser saciada de modo parcial, e é aqui nestas páginas que, pela primeira vez, a verdade nua e crua se acha revelada.

Na terça feira, 12 de março, o senhor Gerbois recebeu, num envelope de aspecto comum, um aviso da Caixa Econômica.

Quinta-feira, à uma hora, pegava o trem para Paris. Às duas, as duas mil cédulas de mil francos eram-lhe entregues.

Enquanto contava-as uma a uma, trêmulo – não era aquele dinheiro o resgate de Suzanne? –, dois homens conversavam num carro parado a certa distância do grande portão. Um desses homens tinha cabelo grisalho e um rosto enérgico, que contrastava com suas roupas e sua aparência de humilde funcionário. Era o inspetor-chefe, Ganimard, o velho Ganimard, inimigo implacável de Lupin. E ele dizia ao brigadeiro Folenfant:

– Não vai demorar... antes de cinco minutos vamos rever o nosso homem. Tudo pronto?

– Completamente.

– Quantos somos?

– Oito, dois de bicicleta.

– E eu, que conto por três. É suficiente, mas não demais. Gerbois não pode nos escapar em hipótese alguma... senão, adeus: ele encontra Lupin no local combinado, troca a senhorita pelo meio milhão, e nós perdemos o bonde.

– Mas por que então o homem não se junta a nós? Seria tão simples!

– Colocando-nos no seu jogo, ele conservaria o milhão inteiro.

– Sim, mas ele tem medo. Se tentar enganar o outro, não terá sua filha.

– Que outro?

– Ele.

Ganimard pronunciou essa palavra num tom grave, um tanto temeroso, como se falasse de uma criatura sobrenatural, cujas garras já tivesse experimentado.

– É de fato esquisito – observou sensatamente o brigadeiro Folenfant – sermos relegados a proteger esse senhor contra ele mesmo.

– Com Lupin, o mundo vira de cabeça para baixo – suspirou Ganimard. Um minuto depois, ele disse: – Atenção.

O senhor Gerbois saía. No fim da rua des Capucines, enveredou pelos bulevares, do lado esquerdo. Afastava-se lentamente, passando em frente às lojas e observando as vitrines.

– Tranquilo demais o sujeito – comentou Ganimard. – Um indivíduo que carrega um milhão no bolso não tem essa tranquilidade.

– O que lhe resta fazer?

– Oh, nada, evidentemente... Seja como for, eu desconfio. Lupin é Lupin.

Nesse momento, o senhor Gerbois dirigiu-se a um quiosque, escolheu alguns jornais, esperou o troco, abriu uma das gazetas e, com os braços estendidos, avançando a passos curtos, começou a ler. Subitamente, deu um pulo e se jogou dentro de um automóvel que estacionava rente ao meio-fio. O motor estava ligado, pois ele partiu rapidamente, deixou a igreja da Madeleine para trás e desapareceu.

– Desgraçado! – exclamou Ganimard. – Mais um golpe de sua lavra!

Saíra em disparada, e outros homens acorriam ao mesmo tempo em torno da Madeleine.

Mas ele caiu na gargalhada. Na entrada do bulevar Malesherbes, o automóvel tinha parado, enguiçado, e o senhor Gerbois saía dele.

– Rápido, Folenfant... o motorista... pode ser o tal Ernest.

Folenfant ocupou-se do motorista. Chamava-se Gaston, era empregado da Sociedade dos Fiacres Automotivos; dez minutos antes, um senhor o contratara e lhe dissera para esperar "de marcha engatada", perto do quiosque, até chegar outro senhor.

– E o segundo cliente – perguntou Folenfant –, que endereço ele lhe deu?

– Nenhum endereço... "Bulevar Malesherbes... avenida de Messine... gorjeta dupla..." Só isso.

Nesse ínterim, contudo, sem perder um minuto, o senhor Gerbois pulara dentro do primeiro coche que passava.

– Cocheiro, ao metrô da Concorde.

O professor saiu do metrô na praça do Palais-Royal, correu até outro coche e se fez conduzir até a praça da Bolsa. Segunda viagem de metrô, depois avenida de Villiers, terceiro coche.

– Cocheiro, rua Clapeyron, 25.

O número 25 da rua Clapeyron é separado do bulevar des Batignolles pelo prédio que faz esquina. Gerbois subiu ao primeiro andar e tocou. Um senhor abriu.

– É aqui que mora o doutor Detinan?

– Sou eu mesmo. Senhor Gerbois, correto?

– Exatamente.

– Estava à sua espera, cavalheiro. Faça o favor de entrar.

Quando o senhor Gerbois adentrou o escritório do advogado, o relógio de parede marcava três horas. Ele disse imediatamente:

– É a hora marcada. Ele não está aqui?

– Ainda não.

O senhor Gerbois sentou-se, secou a testa, consultou seu relógio como se não soubesse a hora e, ansiosamente, repetiu:

– Ele virá?

O advogado respondeu:

ARSÈNE LUPIN CONTRA HERLOCK SHOLMES

– O senhor me interroga, cavalheiro, sobre a coisa do mundo que tenho mais curiosidade de saber. Nunca fui tão impaciente. Em todo caso, se vier, ele arrisca muito, o prédio está fortemente vigiado há quinze dias... desconfiam de mim.

– E de mim mais ainda. Por exemplo, não tenho certeza se os agentes que estavam nos meus calcanhares perderam meu rastro.

– Mas então...

– A culpa não seria minha – exclamou precipitadamente o professor – e não há nada a me censurar. O que prometi? Obedecer às suas ordens. Pois bem, obedeci cegamente às suas ordens, recebi o dinheiro na hora marcada por ele, e vim a esta casa conforme ele estipulou. Responsável pelo infortúnio da minha filha, cumpri minhas promessas com toda a lealdade. Cabe a ele cumprir as dele.

E, no mesmo tom ansioso, acrescentou:

– Ele trará minha filha, não é?

– Espero.

– Só um detalhe... o senhor o viu?

– Eu? Claro que não! Ele simplesmente me pediu por carta que eu recebesse a ambos e despachasse meus criados antes das três horas, sem admitir ninguém no meu apartamento entre sua chegada e sua partida. Se eu não aceitasse essas instruções, ele me pedia para avisá-lo com duas linhas no *Écho de France*. Mas estou muito contente de prestar um favor a Arsène Lupin e consinto em tudo.

O senhor Gerbois gemeu:

– Ai de mim! Como isso tudo vai acabar?

Tirou do bolso as cédulas, espalhou-as sobre a mesa e fez dois maços iguais. Em seguida, eles se calaram. De tempos em tempos, o senhor Gerbois prestava atenção... não tinham tocado a campainha?

À medida que os minutos passavam, sua angústia aumentava, e o doutor Detinan também experimentava uma sensação quase dolorosa.

Por um momento o advogado chegou a perder o sangue-frio. Levantou-se bruscamente:

– Não o veremos... Como seria possível?... Seria loucura da parte dele! Que ele tenha confiança em nós, vá lá, somos pessoas honestas, incapazes de traí-lo! Mas o perigo não está só aqui.

E o senhor Gerbois, arrasado, com as duas mãos sobre as cédulas, balbuciava:

– Que ele venha, meu Deus, que ele venha! Dou tudo isso para rever Suzanne.

A porta se abriu.

– Basta a metade, senhor Gerbois.

Alguém se mantinha na soleira, um homem jovem, vestido com elegância, em quem o senhor Gerbois reconheceu imediatamente o indivíduo que o abordara nos arredores da loja de antiguidades, em Versalhes. Deu um pulo em sua direção.

– E Suzanne? Onde está minha filha?

Arsène Lupin fechou a porta com todo o cuidado e, enquanto tirava as luvas sossegadamente, dirigiu-se ao advogado:

– Caro doutor, não sei como lhe agradecer a gentileza com que aceitou defender meus direitos. Não esquecerei isso.

O doutor Detinan murmurou:

– Mas o senhor não tocou... Não ouvi a porta...

– Campainhas e portas são coisas que devem funcionar sem ferir nossos ouvidos. Mas aqui estou, e isso é o essencial.

– Minha filha! Suzanne! O que fez com ela? – repetiu o professor.

– Meu Deus, senhor – disse Lupin –, que pressa! Vamos, acalme-se, mais um instante e a senhorita sua filha estará em seus braços.

Andou de um lado para outro e depois, no tom de um fidalgo que distribui elogios:

– Senhor Gerbois, meus parabéns pela esperteza com que agiu ainda há pouco. Se o automóvel não sofresse um enguiço absurdo, estaríamos tranquilamente na Étoile e pouparíamos ao doutor Detinan o aborrecimento dessa visita... Enfim! Estava escrito...

Reparou nos dois maços de cédulas e exclamou:

– Ah, perfeito! O milhão está aí... Não percamos tempo. Posso?

– Mas – objetou o doutor Detinan, colocando-se em frente à mesa – a senhorita Gerbois ainda não chegou.

– E daí?

– E daí que a presença dela é indispensável...

– Compreendo! Compreendo! Arsène Lupin não inspira senão uma confiança relativa. Embolsa o meio milhão e não entrega a refém. Ah, meu caro doutor, sou um grande injustiçado! Porque o destino me levou a atos de natureza um tanto... especial, suspeitam de minha boa-fé... eu! Eu, o homem do escrúpulo e da delicadeza! Aliás, meu caro doutor, se está com medo, abra a janela e grite! Há um punhado de agentes na rua.

– Acha que sim?

Arsène Lupin levantou a cortina.

– Considero o senhor Gerbois incapaz de despistar Ganimard... O que eu dizia? Ei-lo, esse querido amigo!

– Será possível! – exclamou o professor. – Juro, no entanto...

– Que não me traiu?... Não duvido disso, mas os rapazes são espertos. Veja, Folenfant, logo ali!... E Gréaume!... E Dieuzy!... Todos meus bons amigos, ora!

O doutor Detinan fitava-o estupefato. Que tranquilidade! Ria um riso feliz, como quem se divertisse com alguma brincadeira, sem nenhum perigo a ameaçá-lo.

Mais ainda que a visão dos agentes, aquela despreocupação tranquilizou o advogado. Afastou-se da mesa onde estavam as cédulas.

Arsène Lupin pegou os dois maços, um depois do outro, aliviou cada maço de vinte e cinco cédulas e estendeu ao senhor Detinan as cinquenta cédulas assim obtidas:

– A parte dos honorários do senhor Gerbois, caro doutor, e a de Arsène Lupin. Nós lhe devemos isso.

– Os senhores não me devem nada – replicou o doutor Detinan.

– Como assim? E todo o incômodo que lhe causamos!

– E todo o prazer que sinto em me dar esse incômodo!

– Quer dizer, caro doutor, que não quer aceitar nada de Arsène Lupin. Eis no que dá – suspirou – ter má reputação. Estendeu os cinquenta mil ao professor.

– Cavalheiro, como lembrança de nosso auspicioso encontro, permita que eu lhe entregue isto: será meu presente de núpcias para a senhorita Gerbois.

O senhor Gerbois pegou apressadamente as cédulas, mas protestou:

– Minha filha não está se casando.

– Não, se o senhor lhe negar seu consentimento. Mas está louca para se casar.

– O que sabe sobre isso?

– Sei que moças costumam ter sonhos sem a autorização dos pais. Por sorte, há gênios benfazejos chamados Arsène Lupin e que, no fundo das escrivaninhas, descobrem o segredo dessas almas encantadoras.

– Não descobriu outra coisa também? – perguntou o doutor Detinan. – Confesso minha curiosidade em saber por que esse móvel foi objeto de sua atenção.

– Razão histórica, caro doutor. Embora, ao contrário da opinião do senhor Gerbois, ele não contivesse nenhum tesouro exceto o bilhete de loteria – e isso eu ignorava –, faz tempo que eu o apreciava e procurava. Essa escrivaninha, em madeira de teixo e mogno, decorada com capitéis com folhas de acanto, foi encontrada na discreta casinha onde Marie Walewska morava em Boulogne, e tem gravada em uma de suas gavetas a inscrição:

"Dedicada a Napoleão I, imperador dos franceses, por seu fiel servidor Mancion." E, embaixo, estas palavras, riscadas com a ponta de uma faca: *"A ti, Marie."* Em seguida, Napoleão mandou copiá-la para a imperatriz

ARSÈNE LUPIN CONTRA HERLOCK SHOLMES

Josefina – de maneira que a escrivaninha que se admirava em Malmaison não passava de uma cópia imperfeita daquela que hoje faz parte de minhas coleções.

O professor gemeu:

– Ai de mim! Se eu soubesse disso no bricabraque, com que pressa a teria cedido ao senhor!

Arsène Lupin zombou, rindo:

– E, além disso, teria tido a vantagem apreciável de conservar, exclusivamente para o senhor, o número 514, série 23.

– E o senhor não seria levado a raptar minha filha, a quem tudo isso deve ter abalado.

– Tudo isso?

– Esse rapto...

– Mas, meu caro senhor, o senhor está enganado. A senhorita Gerbois não foi raptada.

– Minha filha não foi raptada?!

– De forma alguma. Quem diz rapto diz violência. Ora, foi por livre e espontânea vontade que ela serviu de refém.

– Por livre e espontânea vontade! – repetiu o senhor Gerbois, perplexo.

– E quase a seu pedido! Ora! Então uma moça inteligente como a senhorita Gerbois, e que, além disso, cultiva no fundo de sua alma uma paixão inconfessa, teria se recusado a salvar seu dote? Ah! Juro não ter sido difícil fazê-la compreender que não havia outro meio de vencer sua obstinação.

O doutor Detinan se divertia à larga. Objetou:

– O mais difícil era o senhor negociar com ela. É inadmissível que a senhorita Gerbois tenha se deixado abordar.

– Oh, não foi por mim. Não tive sequer a honra de conhecê-la. Foi uma de minhas amigas que se dispôs a entabular negociações.

– A mulher loura do automóvel, sem dúvida – interrompeu o doutor Detinan.

– Exatamente. Desde a primeira entrevista no liceu, tudo estava acertado. A senhorita Gerbois e sua nova amiga viajaram, visitando a Bélgica e a Holanda, da maneira mais agradável e instrutiva para uma moça. Aliás, ela mesma vai lhe explicar...

Tocavam à porta do vestíbulo, três toques rápidos, depois um toque isolado, mais um toque isolado.

– É ela – disse Lupin. – Meu caro doutor, se fizer a gentileza... O advogado apressou-se em abri-la.

Duas jovens mulheres entraram. Uma se jogou nos braços do senhor Gerbois. A outra se aproximou de Lupin. Era de alta estatura, o colo harmonioso, o rosto bem pálido e os cabelos louros, de um louro cintilante, repartiam-se em dois bandós ondulantes e displicentes. Trajando preto, sem outro adereço a não ser um colar de azeviche de cinco voltas, ostentava mesmo assim uma apurada elegância.

Arsène Lupin disse-lhe algumas palavras e em seguida, cumprimentando a senhorita Gerbois:

– Peço-lhe perdão, senhorita, por todas essas tribulações, esperando contudo que não tenha sofrido muito...

– Sofrido! Teria inclusive me rejubilado, não fosse pelo meu pobre pai.

– Então está tudo certo. Beije-o novamente e aproveite a oportunidade, que é excelente, para lhe falar do seu primo.

– Meu primo... O que significa isso?... Não compreendo.

– Claro que sim, a senhorita compreende... seu primo Philippe... esse rapaz cujas cartas guarda com tanto cuidado...

Suzanne ruborizou, se desestabilizou e, como aconselhava Lupin, terminou se atirando de novo nos braços do pai.

Lupin observou os dois com um olhar enternecido e disse consigo mesmo: "Como nos sentimos recompensados ao fazer o bem! Que espetáculo comovente! Feliz o pai! Feliz a filha! E pensar que toda essa felicidade é obra sua, Lupin! Essas criaturas o abençoarão mais tarde... seu nome será devotamente transmitido aos netos que tiverem... Oh, a família!... A família!..."

Foi até a janela.

– O nosso bom Ganimard continua ali?... Que prazer ele sentiria em assistir a essas encantadoras efusões... Mas não, não está mais ali... Não há mais ninguém... nem ele, nem os outros... Diabos! A situação é grave... Não me admiraria nada se já estivessem na garagem dos coches... na portaria talvez... ou mesmo na escada!

O senhor Gerbois deixou escapar um gesto. Agora que a filha lhe fora devolvida, recuperava o senso da realidade. A prisão de seu adversário representava meio milhão a mais para ele. Instintivamente, deu um passo... Como por acaso, Lupin atravessou seu caminho:

– Aonde vai, senhor Gerbois?

Defender-me contra eles? Mil vezes amável! Não se incomode. Aliás, juro que estão mais encrencados do que eu.

E continuou refletindo:

– No fundo, o que eles sabem? Que o senhor está aqui e que talvez a senhorita Gerbois também esteja, pois devem tê-la visto chegar com uma mulher desconhecida. Mas eu? Nem desconfiam. Como eu teria me introduzido num prédio que eles vasculharam hoje de manhã do porão ao sótão? Não, segundo todas as probabilidades, esperam me agarrar em alguma armadilha... Pobres queridos!... A menos que presumam que a mulher desconhecida foi enviada por mim e a suponham encarregada de proceder a troca... e nessa eventualidade se preparam para prendê-la quando ela sair...

Ouviu-se um toque de campainha.

Com um gesto brusco, Lupin imobilizou o senhor Gerbois e, com a voz seca e imperiosa:

– Alto lá, cavalheiro, pense em sua filha e seja razoável, senão... Quanto ao senhor, doutor Detinan, tenho sua palavra.

O senhor Gerbois ficou pregado no lugar. O advogado não se mexeu.

Sem nenhuma pressa, Lupin pegou seu chapéu. Um pouco de pó o cobria; escovou-o com a manga da camisa.

– Meu caro doutor, se um dia precisar de mim... Meus melhores votos, senhorita Suzanne, e toda a minha simpatia ao senhor Philippe.

Tirou do bolso um pesado relógio com tampa dupla de ouro.

– Senhor Gerbois, são três horas e quarenta e dois minutos; às três e quarenta e seis eu o autorizo a sair desta sala... Nem um minuto antes de três e quarenta e seis, pois não?

– Mas eles vão entrar à força – não pôde deixar de dizer o doutor Detinan.

– E a lei que o senhor esquece, meu caro doutor! Ganimard jamais ousaria invadir a residência de um cidadão francês. Teríamos tempo de jogar uma excelente partida de bridge. Mas perdoem-me, vocês três parecem um pouco abalados, e eu não gostaria de abusar...

Depositando o relógio sobre a mesa, ele abriu a porta da sala e dirigiu-se à mulher loura:

– Está pronta, querida amiga?

Recuou para ela passar, dirigiu um último cumprimento, muito respeitoso, à senhorita Gerbois, saiu e fechou a porta atrás de si.

E ouviram-no dizer em voz alta, no vestíbulo:

– Bom dia, Ganimard, como vai? Minhas recomendações à senhora Ganimard. Um dia desses vou me convidar para almoçar... Adeus, Ganimard.

Outro toque de campainha, brusco, violento, depois toques repetidos, e ruídos de vozes no corredor do andar.

– Três e quarenta e cinco – balbuciou o senhor Gerbois.

Após alguns segundos, resolutamente, foi até o vestíbulo. Lupin e a mulher loura não estavam mais ali.

– Pai! Não pode! Espere! – exclamou Suzanne.

– Esperar? Enlouqueceu!... Acordos com esse patife... e o meio milhão?...

Abriu.

Ganimard se precipitou.

– Essa mulher... onde ela está? E Lupin?

– Ele estava aqui... está aqui.

Ganimard deu um grito de triunfo:

– Nós o pegamos... o prédio está cercado.

O doutor Detinan objetou:

– Mas e a escada de serviço?

– A escada de serviço dá no pátio e só há uma saída, o portão principal: dez homens o vigiam.

– Mas ele não entrou pelo portão principal... não sairá por ali...

– E por onde então?... – replicou Ganimard. – Através dos ares?

Ele abriu uma cortina. Um longo corredor apareceu, dando acesso à cozinha. Ganimard desceu-o correndo e constatou que a porta da escada de serviço estava fechada com uma volta dupla.

Da janela, interpelou um dos agentes:

– Ninguém?

– Ninguém.

– Então – exclamou – eles estão no apartamento!... Esconderam-se num dos quartos!... É materialmente impossível terem escapado... Ah, meu pequeno Lupin, você zombou de mim, mas desta vez é a revanche!

Às sete horas da noite, o senhor Dudouis, chefe da Sûreté, estranhando não receber notícias, apresentou-se na rua Clapeyron. Interrogou os agentes que vigiavam o prédio, depois subiu ao apartamento do senhor Detinan, que o conduziu ao seu quarto. Ali, ele percebeu um homem, ou melhor, duas pernas se agitando no tapete, enquanto o torso ao qual elas pertenciam estava enfiado nas profundezas da lareira.

– Aqui!... Aqui!... – gania uma voz abafada.

E uma voz mais distante, que vinha lá de cima, respondia:

– Aqui!... Aqui!...

O senhor Dudouis exclamou, rindo:

– Muito bem, Ganimard, que ideia é essa de bancar o limpador de chaminés?

O inspetor rebrotou das entranhas da lareira. Com o rosto enegrecido, as roupas cobertas de fuligem, os olhos brilhando de febre, estava irreconhecível.

– Estou procurando – grunhiu.

– Quem?

– Arsène Lupin… Arsène Lupin e sua amiga.

– Ah, é isso! Mas imagina que estão escondidos na tubulação da chaminé?

Ganimard se levantou, marcou a manga do paletó do seu superior com cinco dedos cor de carvão e disse surda e raivosamente:

– E onde mais o senhor acha que podem estar, chefe? Forçosamente, hão de estar em algum lugar. São seres de carne e osso, como nós. Criaturas assim não desaparecem virando fumaça.

– Não, mas em todo caso eles fugiram.

– Por onde? Por onde? O prédio está cercado! Há agentes no telhado.

– E o prédio vizinho?

– Não há comunicação com ele.

– Os apartamentos dos outros andares?

– Conheço todos os moradores: não viram ninguém… não ouviram ninguém.

– Tem certeza de que conhece todos?

– Todos. A zeladora responde por eles. Aliás, por via das dúvidas, botei um homem em cada um desses apartamentos.

– Ora, temos então que agarrá-los.

– É o que eu digo, chefe, é o que eu digo. Temos que os agarrar e assim será, porque os dois estão aqui… Não podem não estar! Fique tranquilo, chefe, se não for hoje à noite, será amanhã… Dormirei aqui!… Dormirei aqui!

De fato, dormiu, e no dia seguinte também, e no outro também. E, ao fim de três dias e três noites, não só ele não tinha descoberto o intangível Lupin e sua não menos intangível companheira, como nem sequer detectara um pequeno indício que lhe permitisse estabelecer a mais ínfima hipótese.

E eis por que sua primeira opinião não variava:

– Dado que não há nenhum rastro de sua fuga, é porque eles estão aqui.

Talvez, no fundo de sua consciência, não tivesse tanta convicção. Mas não queria confessar. Não, mil vezes não, um homem e uma mulher não evaporam como os gênios maus dos contos infantis. Sem perder o ânimo, ele prosseguia suas buscas e investigações como se esperasse descobri-los, dissimulados em algum recesso impenetrável, incorporados às pedras da casa.

2
O DIAMANTE AZUL

Na noite de 27 de março, no número 134 da avenida Henri-Martin, no palacete que herdara de seu irmão seis meses antes, o velho general Barão d'Hautrec, embaixador em Berlim sob o Segundo Império, dormia no fundo de uma confortável poltrona, enquanto sua dama de companhia lhe fazia a leitura e a irmã Auguste aquecia sua cama e preparava a lamparina da noite.

Às onze horas, a religiosa, que, excepcionalmente, devia retornar aquela noite ao convento de sua comunidade e passar a noite junto à irmã superiora, avisou à dama de companhia.

– Senhorita Antoinette, terminei meus afazeres. Vou embora.

– Está bem, irmã.

– Não se esqueça de que a cozinheira está de folga e a senhorita está sozinha na casa, com o criado.

– Não tema pelo senhor barão. Dormirei no quarto ao lado, como combinado, e deixarei minha porta aberta.

A religiosa partiu. Ao fim de um instante, foi Charles, o criado, que veio receber instruções. O barão acordara. Ele mesmo respondeu.

– As instruções de sempre, Charles: verifique se a campainha elétrica está funcionando direito no seu quarto e, ao primeiro toque, desça e corra até a casa do médico.

– Meu general sempre preocupado.

– Não me sinto bem... não me sinto nada bem. Vamos, senhorita Antoinette, onde estávamos em nossa leitura?

– O senhor barão não vai para a cama?

– Não, não, costumo me deitar tarde, e, aliás, não preciso da ajuda de ninguém para fazê-lo.

Vinte minutos depois, o velho tornava a cochilar e Antoinette se afastava na ponta dos pés.

Nesse momento, Charles fechava cuidadosamente, como sempre, todas as janelas do rés do chão.

Na cozinha, empurrou o ferrolho da porta que dava no jardim, e, no vestíbulo, prendeu, além disso, de um batente a outro, a corrente de segurança. Em seguida, voltou à sua mansarda, no terceiro andar, deitou-se e dormiu.

Passada uma hora, mais ou menos, ele subitamente deu um pulo para fora da cama: a campainha tocava. Tocou muito tempo, sete ou oito segundos talvez, e de maneira insistente, ininterrupta...

"Bom", ruminou Charles, terminando de acordar, "um novo capricho do barão."

Enfiou sua roupa, desceu rapidamente a escada, parou em frente à porta, e, como de hábito, bateu. Nenhuma resposta. Entrou.

"Ora essa", murmurou, "está sem luz... por que diabo apagaram?" Em voz baixa, chamou:

– Senhorita?

Nenhuma resposta.

– Está aqui, senhorita?... O que houve? O senhor barão está doente?

O mesmo silêncio à sua volta, um silêncio pesado que terminou por impressioná-lo. Deu dois passos à frente: seu pé bateu numa cadeira e, ao tocá-la, percebeu que estava derrubada. Imediatamente sua mão encontrou outros objetos no chão, uma mesinha, um biombo. Inquieto, voltou à parede e, tateando, procurou o comutador. Alcançou-o e girou-o.

No meio do aposento, entre a mesa e o armário de espelho, jazia o corpo de seu patrão, o Barão d'Hautrec.

– O quê!... Será possível?... – gaguejou.

Não sabia o que fazer e, sem se mexer, com os olhos esbugalhados, contemplou as coisas reviradas, as cadeiras caídas, um grande candelabro de cristal quebrado em mil pedaços, o relógio de parede que jazia sobre o mármore do saguão, e tantos outros vestígios reveladores de uma luta terrível e selvagem. O cabo de um estilete de aço brilhava, não longe do cadáver. A lâmina gotejava sangue. Ao longo do colchão, pendia um lenço salpicado de marcas vermelhas.

Charles deu um grito de pavor: o corpo se esticara num esforço supremo, depois se enroscara em si mesmo... Dois ou três espasmos, e foi tudo.

Ele se debruçou. De um sutil ferimento no pescoço, o sangue se esvaía, deixando manchas escuras no tapete. O rosto conservava uma expressão de pânico.

– Mataram-no – balbuciou –, mataram-no.

E teve um arrepio só de pensar na possibilidade de outro crime: a dama de companhia não dormia no quarto contíguo? O assassino do barão não a matara também?

Empurrou a porta: o cômodo encontrava-se vazio. Concluiu que Antoinette fora raptada ou então que saíra antes do crime.

Voltando ao quarto do barão, bateu os olhos na escrivaninha e reparou que o móvel não fora arrombado.

Mais que isso, viu sobre a mesa, perto do molho de chaves e da carteira que o barão deixava ali todas as noites, um punhado de luíses de ouro.

Charles pegou a carteira e vasculhou nas divisórias. Uma delas continha cédulas. Contou-as: havia treze cédulas de cem francos.

Então foi mais forte do que ele: instintivamente, mecanicamente, sem que o pensamento participasse do gesto da mão, pegou as treze cédulas, escondeu-as em seu paletó, desceu desabalado pela escada, puxou o ferrolho, soltou a corrente, fechou a porta e fugiu pelo jardim.

Charles era um homem honesto. Ainda não fechara o portão quando, fustigado pelo ar livre, o rosto esfriado pela chuva, estacou. O crime lhe aparecia sob sua verdadeira luz e ele sentia um horror súbito.

Passava um fiacre. Chamou pelo cocheiro.

– Colega, corra ao posto policial e traga o comissário... no galope! Aconteceu um assassinato.

O cocheiro chicoteou seu cavalo. Mas, quando Charles quis entrar de volta, não conseguiu: ele mesmo fechara o portão, e o portão não abria de fora.

No entanto, era inútil tocar, uma vez que não havia ninguém em casa. Perambulou então ao longo dos jardins que formavam na avenida, do lado de La Muette, uma risonha moldura de arbustos verdes e bem podados.

E foi só depois de uma hora de espera que pôde finalmente contar ao comissário os detalhes do crime e lhe entregar em mãos as treze cédulas.

Nesse ínterim, chamaram um serralheiro, que, com bastante dificuldade, conseguiu forçar o portão do jardim e a porta do vestíbulo. O comissário subiu e, ao primeiro relance, comentou imediatamente com o criado:

– Ora, o senhor falou que o quarto estava numa grande desordem...

Voltou-se. Charles parecia pregado na soleira, hipnotizado: todos os móveis haviam retornado ao lugar habitual! A mesinha se erguia entre as duas janelas, as cadeiras estavam de pé e o relógio, no centro da chaminé. Os fragmentos do candelabro haviam desaparecido.

Ele articulou, boquiaberto de estupor:

– O cadáver... o senhor barão...

– Realmente – exclamou o comissário –, onde está a vítima?

Este avançou até a cama. Sob o grande lençol, que afastou, repousava o cadáver do general Barão d'Hautrec, ex-embaixador da França em Berlim. O sobretudo de general, decorado com a cruz de honra, o cobria.

O rosto estava calmo. Os olhos, fechados. O criado balbuciou:

– Alguém esteve aqui.

– Entrou por onde?

– Não sei, mas alguém esteve aqui durante minha ausência... Veja, ali no chão havia um punhal bem fino, de aço... Além disso, sobre a mesa, um lenço ensanguentado... Não há mais nada... Levaram tudo... Arrumaram tudo...

– Mas quem?

– O assassino!

– Encontramos todas as portas fechadas.

– Então ele continua aqui dentro.

– Até poderia, uma vez que o senhor não saiu da calçada.

O criado refletiu e pronunciou, lentamente:

– Com efeito... com efeito... não me afastei do portão... no entanto...

– Vejamos, qual a última pessoa que o senhor viu com o barão?

– A senhorita Antoinette, a dama de companhia.

– O que foi feito dela?

– Na minha opinião, como sua cama nem sequer estava desfeita, deve ter aproveitado a ausência da irmã Auguste para sair também. Isso não me espanta muito, ela é bonita... jovem...

– Mas como teria saído?

– Pela porta.

– O senhor tinha colocado o ferrolho e prendido a corrente!

– Bem mais tarde. Ela deve ter deixado a casa antes disso.

– E o crime teria acontecido depois que ela se foi?

– Naturalmente.

ARSÈNE LUPIN CONTRA HERLOCK SHOLMES

Procuraram de cima a baixo da casa, nos sótãos e nos porões; mas o assassino fugira. Como? Em que momento? Fora ele ou um cúmplice que julgara apropriado voltar à cena do crime e eliminar tudo que pudesse comprometê-lo? Tais eram as questões que se colocavam para a justiça.

Às sete horas chegou o médico-legista; às oito, o chefe da Sûreté. Depois foi a vez do procurador da República e do juiz de instrução. E havia também, atravancando a casa, agentes, inspetores, jornalistas, o sobrinho do Barão d'Hautrec e outros membros da família.

Vasculharam, estudaram a posição do cadáver conforme as lembranças de Charles, interrogaram, assim que ela chegou, a irmã Auguste. Não descobriram nada. A irmã Auguste até se espantou com o sumiço de Antoinette Bréhat. Contratara a moça doze dias antes, levando em conta excelentes recomendações, e se negava a crer que ela tivesse abandonado o doente sob sua responsabilidade para sair, sozinha, pela noite.

– Ainda mais que nesse caso – reiterou o juiz de instrução – ela já teria chegado. Voltamos então ao mesmo ponto: o que foi feito dela?

– Na minha opinião – disse Charles –, foi raptada pelo assassino.

A hipótese era plausível e batia com certos indícios. O chefe da Sûreté se pronunciou:

– Raptada? Pois isso me parece inverossímil.

– Não somente inverossímil – disse uma voz –, mas em contradição absoluta com os fatos, com os resultados da investigação, em suma, com a própria evidência.

A voz era rude, a entonação, brusca, e ninguém se surpreendeu ao reconhecer Ganimard. Só a ele, aliás, era possível perdoar aquela maneira um tanto insolente de se exprimir.

– Ora, é você, Ganimard? – exclamou o senhor Dudouis. – Não o tinha visto.

– Estou aqui há duas horas.

– Interessa-se então por outra coisa que não seja o bilhete 514, série 23, o caso da rua Clapeyron, a mulher loura e Arsène Lupin?

– He, he! – riu o velho inspetor, com desdém. – Eu não afirmaria que Lupin estivesse alheio ao caso que nos ocupa... Mas deixemos de lado, até segunda ordem, a história do bilhete de loteria e vejamos do que se trata.

Ganimard não é um desses policiais de grande envergadura, cujos procedimentos fazem escola e cujo nome permanecerá nos anais judiciários. Faltam-lhe esses rasgos de gênio que iluminam os Dupin, os Lecoqc e os Sherlock Holmes. Sim, tem excelentes qualidades medianas de observação, sagacidade, perseverança e, até mesmo, intuição. Mas o que o distingue é de fato a independência absoluta no trabalho. Nada, a não ser talvez a espécie de fascinação que Arsène Lupin exerce sobre ele, nada o perturba nem influencia. Seja como for, seu papel, naquela manhã, não careceu de brilho e sua colaboração foi daquelas que um juiz pode apreciar.

– Em primeiro lugar – começou –, eu pediria ao senhor Charles que esclarecesse bem este ponto: todos os objetos que viu da primeira vez, derrubados ou deslocados, estavam, num segundo momento, exatamente no lugar de sempre?

– Exatamente.

– Logo, é evidente que só puderam ter sido recolocados em seus lugares por uma pessoa que conhecesse o lugar de cada um desses objetos.

A observação impressionou os presentes. Ganimard prosseguiu:

– Outra pergunta, senhor Charles... O senhor foi despertado por uma campainha... A seu ver, quem o chamava?

– O senhor barão, óbvio.

– Admitamos que sim, mas em que momento ele teria tocado?

– Após a luta... enquanto agonizava.

– Impossível, uma vez que o senhor o encontrou prostrado, sem sentidos, a mais de quatro metros do botão de chamada.

– Então ele tocou durante a luta.

– Impossível, uma vez que a campainha, o senhor disse, foi regular, ininterrupta, e durou sete ou oito segundos. Acha que o agressor o teria deixado tocar assim?

Arsène Lupin contra Herlock Sholmes

– Então foi antes, ao ser atacado.

– Impossível, pois disse-nos que, entre o sinal da campainha e o instante em que o senhor adentrou o quarto, transcorreram no máximo três minutos. Logo, se o barão tivesse tocado antes, teria sido preciso que a luta, o assassinato, a agonia e a fuga houvessem se desenrolado nesse curto lapso de três minutos. Repito, isso é impossível.

– No entanto – atalhou o juiz de instrução –, alguém tocou. Se não foi o barão, quem foi?

– O assassino.

– Com que objetivo?

– Ignoro seu objetivo. Mas pelo menos o fato de ter tocado nos prova que devia conhecer a campainha e sua comunicação com o quarto de um criado. Ora, quem podia conhecer esse detalhe a não ser uma pessoa da própria casa?

O arco das hipóteses se restringia. Em poucas frases, rápidas, precisas e lógicas, Ganimard colocava a questão em seu verdadeiro terreno, e o pensamento do velho inspetor emergia claramente. Nada mais natural que o juiz de instrução concluísse:

– Em suma, em duas palavras, o senhor suspeita de Antoinette Bréhat.

– Não suspeito, acuso-a.

– Acusa-a de ser a cúmplice?

– Acuso-a de ter matado o general Barão d'Hautrec.

– Ora, vamos! E qual é prova?...

– Esse tufo de cabelo que descobri na mão direita da vítima, em sua própria carne, onde a ponta de suas unhas o arrancou.

Mostrou os fios de cabelo; eram de um louro cintilante, luminoso como fios de ouro, e Charles murmurou:

– É de fato o cabelo da senhorita Antoinette. Não há como errar.

E acrescentou:

– E depois... tem outra coisa... Acho que a faca... a que não vi mais da segunda vez... lhe pertencia... Ela usava para cortar as páginas dos livros.

O silêncio foi longo e penoso. Cometido por uma mulher, o horror do crime parecia aumentar. O juiz de instrução ponderou:

– Vamos supor, até maiores esclarecimentos, que o barão tenha sido morto por Antoinette Bréhat. Ainda faltaria explicar como ela pôde sair depois do crime, para voltar após a partida do senhor Charles e ainda sair novamente antes da chegada do comissário. Tem alguma opinião a respeito, senhor Ganimard?

– Nenhuma.

– Então?

Ganimard pareceu confuso. Por fim, pronunciou-se, não sem um esforço visível:

– Tudo que posso dizer é que encontro aqui o mesmo procedimento do caso do bilhete 514-23, fenômeno que pode muito bem ser entendido como a faculdade de desaparecer. Antoinette Bréhat aparece e desaparece nesta mansão tão misteriosamente como Arsène Lupin invadiu a casa do doutor Detinan e escapou na companhia da Mulher Loura.

– O que significa?...

– O que significa que não posso me abster de pensar nessas duas coincidências, no mínimo bizarras: Antoinette foi contratada pela irmã Auguste há doze dias, isto é, no dia seguinte ao dia em que a Mulher Loura me escapava pelos dedos. Em segundo lugar, o cabelo da Mulher Loura tem a mesma cor violenta, esse brilho metálico com reflexos dourados, que encontramos aqui.

– De modo que, na sua opinião, Antoinette Bréhat...

– Não é outra senão a Mulher Loura.

– E que Lupin, por conseguinte, maquinou os dois casos?

– Creio que sim.

Houve uma gargalhada. Era o chefe da Sûreté, divertindo-se.

– Lupin! Sempre Lupin! Lupin está em tudo, Lupin está em toda parte!

– Ele está onde ele está! – escandiu Ganimard, embaraçado.

Arsène Lupin contra Herlock Sholmes

– Mesmo assim, ele precisa ter razões para estar em algum lugar – observou o senhor Dudouis –, e, no caso, as razões me parecem obscuras. A escrivaninha não foi arrombada, nem a carteira foi roubada. Foi deixado, inclusive, ouro na mesa.

– Sim – exclamou Ganimard –, mas e o famoso diamante?

– Que diamante?

– O diamante azul! O célebre diamante que fazia parte da coroa real da França e que foi dado pelo duque d'A... a Léonide L... e, na morte de Léonide L..., comprado pelo Barão d'Hautrec em memória da brilhante atriz que ele amara apaixonadamente. É uma dessas lembranças que um velho parisiense como eu jamais esquece.

– É evidente – disse o juiz de instrução – que, se o diamante azul não for encontrado, tudo se explica. Mas... onde procurar?

– No próprio dedo do senhor barão – respondeu Charles. – O diamante azul não saía de sua mão esquerda.

– Eu vi essa mão – afirmou Ganimard, aproximando-se da vítima –, e, como pode certificar-se, nela não há senão um simples anel de ouro.

– Veja o que ele está segurando – disse o criado.

Ganimard abriu os dedos contraídos. O engaste estava voltado para dentro e, no coração desse engaste, cintilava o diamante azul.

– Diabos – resmungou Ganimard, absolutamente pasmo –, não compreendo mais nada.

– E desiste, espero, de suspeitar do pobre Lupin? – troçou o senhor Dudouis.

Ganimard deu-se um tempo, meditou e rebateu num tom solene:

– É justamente quando não compreendo mais nada que suspeito de Arsène Lupin.

Tais foram as primeiras constatações da justiça no dia seguinte ao estranho crime. Constatações vagas, incoerentes, às quais a continuação da investigação não trouxe lógica nem certeza. As idas e vindas de Antoinette Bréhat permaneceram completamente inexplicáveis, como as da Mulher

Loura, e mais não se descobriu sobre quem era a misteriosa criatura de cabelos dourados que matara o Barão d'Hautrec sem tirar de seu dedo o fabuloso diamante da coroa real da França.

E, sobretudo, a curiosidade por ela inspirada conferia ao crime um caráter de grande provocação, o que arrebatava a opinião pública.

Os herdeiros do Barão d'Hautrec não podiam senão se beneficiar de tal propaganda. Promoveram na avenida Henri-Martin, na própria mansão, uma exposição dos móveis e objetos a serem vendidos no leiloeiro Drouot. Móveis modernos e de mau gosto, objetos sem valor artístico... Mas, no centro da sala, sobre um pedestal forrado com veludo grená, protegido por uma redoma de vidro e vigiado por dois agentes, cintilava o anel com o diamante azul.

Diamante magnífico, enorme, de pureza incomparável e do azul indefinível que a água clara rouba do céu que ela reflete, azul que adivinhamos em superfícies alvas e radiantes. Todos se admiravam, se extasiavam... e olhavam com pavor o quarto da vítima, o lugar onde caíra o cadáver, o assoalho livre do tapete ensanguentado, e as paredes sobretudo, as paredes intransponíveis através das quais passara a criminosa. Verificavam se o mármore da lareira não podia ser deslocado, se tal canelura do espelho não escondia uma estrutura giratória. Imaginavam-se buracos escavados, passagens de um túnel, comunicações com os esgotos, com as catacumbas...

O leilão do diamante azul foi realizado na Casa de Leilões Drouot. A multidão prendia a respiração, e a euforia dessas vendas públicas exasperou-a até a loucura.

Estava lá a tradicional constelação parisiense das grandes ocasiões, todos os compradores e todos os que desejam se passar por eles, especuladores, artistas, damas de todas as classes, dois ministros, um tenor italiano, um rei no exílio que, para consolidar crédito, deu-se ao luxo de fazer lances até cem mil francos, com muito garbo e a voz vibrante. Cem mil francos! Podia oferecê-los sem se comprometer. O tenor italiano arriscou cento e cinquenta, uma atriz da Comédie Française, cento e setenta e cinco.

ARSÈNE LUPIN CONTRA HERLOCK SHOLMES

Quando se chegou a duzentos mil francos, contudo, os diletantes desanimaram. Em duzentos e cinquenta mil, só restavam dois: Herschmann, o célebre financista, rei das minas de ouro, e a condessa de Crozon, a riquíssima americana, dona de uma célebre coleção de diamantes e pedras preciosas.

– Duzentos e sessenta mil... duzentos e setenta mil... setenta e cinco... oitenta... – proferia o comissário, interrogando alternadamente com o olhar os dois competidores... – Duzentos e oitenta mil para a senhora... Quem dá mais?...

– Trezentos mil – murmurou Herschmann.

Silêncio. Os olhos concentraram-se na condessa de Crozon. De pé, sorridente, mas exibindo uma palidez que denotava perturbação, ela se amparava no encosto da cadeira à sua frente. Na realidade, ela sabia, e todos os presentes também sabiam, como o duelo terminaria: logicamente, fatalmente, no fim a vitória caberia ao financista, cujos caprichos apoiavam-se em uma fortuna de mais de meio bilhão. Mesmo assim, ela pronunciou:

– Trezentos e cinco mil.

Outro silêncio. Voltaram-se para o rei das minas, na expectativa de um inevitável lance maior. Era certo que ele viria, forte, brutal, definitivo.

Não veio. Herschmann permaneceu impassível, os olhos pregados numa folha de papel que tinha na mão direita, enquanto a outra guardava os pedaços de um envelope rasgado.

– Trezentos e cinco mil – repetia o comissário. – Dou-lhe uma... Dou-lhe duas... Ainda é tempo... Ninguém diz nada? Repito: dou-lhe uma... dou-lhe duas...

Herschmann não se mexeu. Um último silêncio. Foi batido o martelo.

– Quatrocentos mil – bradou Herschmann, sobressaltando-se, como se a batida do martelo o arrancasse do torpor.

Tarde demais. O direito de propriedade era irrevogável.

Espremeram-se em volta dele. O que acontecera? Por que não falara antes?

O financista pôs-se a rir.

– O que aconteceu? Não faço ideia, juro. Tive um minuto de distração.

– Será possível?

– Claro que sim, uma carta que me entregaram.

– E essa carta bastou...

– Para me perturbar? Sim, naquele momento.

Ganimard estava presente. Assistira ao leilão do anel. Aproximou-se de um dos funcionários da casa de leilões.

– Foi o senhor, sem dúvida, que entregou uma carta ao senhor Herschmann.

– Sim.

– Da parte de quem?

– De uma mulher.

– Onde está ela?

– Onde?... Veja, senhor, ali... aquela senhora com um véu sobre o rosto.

– E que está indo embora?

– Sim.

Ganimard precipitou-se em direção à porta e avistou a mulher, que descia a escada. Quando ele alcançou o *hall* de entrada, um fluxo de gente o reteve. Ao chegar lá fora, não a encontrou mais.

Voltou à sala do leilão, abordou Herschmann, apresentou-se e o interrogou sobre a carta. Herschmann entregou-a a ele. Continha, escritas a lápis e às pressas, e com uma letra que o financista desconhecia, estas simples palavras:

O diamante azul traz infortúnio. Lembre-se do Barão d'Hautrec.

As tribulações do diamante azul não haviam terminado e, já conhecido pelo assassinato do Barão d'Hautrec e pelo incidente da casa de leilões

Drouot, ele alcançava, seis meses mais tarde, ainda maior celebridade. Com efeito, no verão seguinte roubavam da condessa de Crozon a valiosa joia que ela tanto pelejara para conquistar.

Resumamos esse curioso caso cujas perturbadoras e dramáticas peripécias nos apaixonaram a todos e sobre o qual me é permitido, enfim, lançar algumas luzes.

Na noite de 10 de agosto, os convidados do senhor e da senhora de Crozon estavam reunidos no salão do magnífico castelo que domina a baía do rio Somme. Tocava-se música. A condessa pusera-se ao piano e colocara, sobre um pequeno móvel, perto do instrumento, suas joias, entre as quais o anel do Barão d'Hautrec.

Ao fim de uma hora, o conde se retirou, bem como seus dois primos, os d'Andelle, e a senhora de Réal, uma amiga íntima da condessa de Crozon. Esta ficou sozinha com o senhor Bleichen, cônsul austríaco, e sua mulher.

Conversaram, depois a condessa apagou uma grande luminária instalada sobre a mesa do salão. Simultaneamente, o senhor Bleichen apagava as duas luminárias do piano. Houve um instante de escuridão, uma ligeira inquietude, até o cônsul acender uma vela e os três partirem rumo a seus aposentos. Assim que chegou ao seu, porém, a condessa lembrou de suas joias e ordenou à camareira que fosse buscá-las. Esta voltou e as depositou sobre a lareira, sem que sua patroa as examinasse. No dia seguinte, a senhora de Crozon constatava que faltava um anel, o anel do diamante azul.

Comunicou o fato ao marido. A conclusão de ambos foi imediata: a camareira estando acima de qualquer suspeita, o culpado só podia ser o senhor Bleichen.

O conde avisou ao comissário central de Amiens que abriu um inquérito e, discretamente, organizou um grande cerco a fim de que o cônsul não pudesse vender nem remeter o anel a qualquer parte.

Dia e noite, agentes cercaram o palacete.

Após duas semanas transcorrerem sem nenhum incidente, o senhor Bleichen anuncia sua partida. Nesse dia, uma queixa é depositada contra ele. O comissário intervém oficialmente, ordenando a revista de suas bagagens. Num saquinho, cuja chave anda sempre com o cônsul, encontram um frasco de pó dentifrício; e nele, o anel!

A senhora Bleichen desmaia. Seu marido é detido.

Lembramos o sistema de defesa adotado pelo acusado. Ele não consegue explicar a presença do anel, dizia, senão por uma vingança do senhor de Crozon: "O conde é bruto e faz sua mulher infeliz. Tive uma longa conversa com ela, e aconselhei-a vivamente a se divorciar. Posto ao par, o conde se vingou pegando o anel e, quando saí, esgueirou-o no *nécessaire* de toalete". O conde e a condessa mantiveram energicamente sua queixa. Entre a explicação que davam e a do cônsul, ambas igualmente plausíveis, igualmente prováveis, o público só tinha que escolher. Nenhum fato novo fez pender um dos pratos da balança. Um mês de quiproquós, conjecturas e investigações não trouxe um único elemento de certeza.

Enfadados com todo aquele escândalo, incapazes de produzir a prova evidente de culpa que teria justificado sua acusação, o senhor e a senhora de Crozon pediram que lhes enviassem de Paris um agente da Sûreté capaz de desemaranhar os fios daquele novelo. Enviaram Ganimard.

Durante quatro dias, o velho inspetor xeretou, bisbilhotou, passeou no parque, teve longas conversas com a empregada, o chofer, os jardineiros, os empregados da agência de correio mais próxima, visitou os aposentos ocupados, na ocasião do roubo, pelo casal Bleichen, os primos d'Andelle e a senhora de Réal. Então, certa manhã, desapareceu sem se despedir de seus anfitriões.

Uma semana mais tarde, eles recebiam o seguinte telegrama:

Peço virem amanhã, sexta-feira, às cinco horas da tarde, ao Chá Japonês, rua Boissy-d'Anglas. Ganimard.

Às cinco horas em ponto, naquela sexta-feira, o automóvel do casal parava em frente ao número 9 da rua Boissy-d'Anglas. Sem nenhum esclarecimento, o velho inspetor, que os esperava na calçada, conduziu-os ao primeiro andar do Chá Japonês.

Numa das salas, encontraram duas pessoas que Ganimard lhes apresentou:

– O senhor Gerbois, professor no liceu de Versalhes, de quem, os senhores se lembram, Arsène Lupin roubou meio milhão... O senhor Léonce d'Hautrec, sobrinho e herdeiro universal do Barão d'Hautrec.

Os quatro tomaram seus lugares. Alguns minutos depois, chegou um quinto. Era o chefe da Sûreté.

– O que há então, Ganimard? Recebi, na Chefatura, seu recado. É grave?

– Gravíssimo, chefe. Dentro de uma hora, as últimas aventuras das quais participei terão seu desfecho aqui. Pareceu-me que sua presença era indispensável.

– Assim como a presença de Dieuzy e Folenfant, que vi lá embaixo, junto à porta?

– Sim, chefe.

– E o que é? Vamos prender alguém? Que circo! Fale, Ganimard, somos todos ouvidos.

Ganimard hesitou alguns instantes, depois anunciou com a nítida intenção de impressionar seus ouvintes:

– Antes de mais nada, afirmo que o senhor Bleichen não tem nada a ver com o roubo do anel.

– Oh! Oh! – fez o senhor Dudouis. – Dizer isso é muito fácil, mas bastante grave.

E o conde indagou:

– É a essa... descoberta que se resumem seus esforços?

– Não, cavalheiro. Dois dias após o roubo, os acasos de uma excursão de automóvel levaram três de seus convidados ao burgo de Crécy. Enquanto duas dessas pessoas iam visitar o famoso campo de batalha, a terceira dirigiu-se às pressas à agência de correio e expediu uma latinha fechada com barbante, selada segundo os regulamentos e registrada por um valor de cem francos.

O senhor de Crozon objetou.

– E o que tem isso de extraordinário?

– Talvez lhe pareça extraordinário que essa pessoa, em vez de fornecer o verdadeiro nome, tenha feito a expedição sob o nome de Rousseau, e que o destinatário, um tal senhor Beloux, residente em Paris, tenha se mudado justamente na noite do dia em que que recebeu a lata, isto é, o anel.

– Seria talvez – interrogou o conde – um de meus primos d'Andelle?

– Não se trata desses senhores.

– Então da senhora de Réal?

– Sim.

A condessa exclamou, estupefata:

– Está acusando minha amiga, a senhora de Réal?

– Uma pergunta simples, senhora – respondeu Ganimard. – A senhora de Réal estava presente no leilão do diamante azul?

– Sim, mas a distância. Não nos sentamos juntas.

– Ela a incentivara a comprar o anel? – a condessa puxou pela memória.

– Sim... com efeito... Acho inclusive que foi ela a primeira a me falar sobre ele.

– Anoto sua resposta, senhora. Está bem estabelecido que foi a senhora de Réal a primeira a lhe falar desse anel e que a incentivou a comprá-lo.

– No entanto, minha amiga é incapaz...

– Perdão, perdão, a senhora de Réal é apenas sua amiga de ocasião, e não sua amiga íntima, como os jornais noticiaram, o que afastou dela as suspeitas. A senhora a conheceu no último inverno. Ora, sinto-me em condições de lhe demonstrar que tudo que a senhora de Réal lhe contou sobre ela, seu passado, suas relações, é absolutamente falso, que a senhora Blanche de Réal não existia antes de tê-la conhecido e que não existe no presente momento.

– E daí?

– E daí? – fez Ganimard.

– Sim, toda essa história é muito curiosa, mas em que se aplica ao nosso caso? Supondo que a senhora de Réal tenha se apoderado do anel, o que não está em absoluto provado, por que o esconde no pó dentifrício do senhor Bleichen?

Que diabos! Quem se dá ao trabalho de roubar o diamante azul deve querer ficar com ele. O que tem a responder a isso?

– Eu, nada, mas a senhora de Réal responderá.

– Ela então existe?

– Existe... sem existir. Em poucas palavras, ouçam. Há três dias, no jornal que leio diariamente, vi, encabeçando a lista dos estrangeiros em Trouville, "Hotel Beaurivage: senhora de Réal etc.". Compreendam que, naquela noite, eu também estava em Trouville e interrogava o diretor de Beaurivage. Segundo a descrição e alguns indícios que colhi, essa senhora de Réal era de fato a pessoa que eu procurava, mas ela já desocupara seu quarto no hotel, deixando como seu endereço Paris, 3, rua du Colisée. Anteontem, apresentei-me no local e soube que não havia nenhuma senhora de Réal, mas simplesmente uma dona Réal, que morava no segundo andar e exercia o ofício de intermediária de diamantes, por isso ausentando-se com frequência. Ainda na véspera, chegara de viagem. Ontem, bati à sua porta e ofereci à senhora Réal, sob um falso nome, meus serviços como intermediário junto a pessoas em condições de comprar pedras de valor. Hoje temos um encontro aqui para o primeiro negócio.

– Como! O senhor a espera?

– Às cinco e meia.

– E tem certeza?...

– De que é a senhora de Réal do castelo de Crozon? Tenho provas irrefutáveis. Mas... escutem... o sinal de Folenfant...

Um assobio ressoara. Ganimard se levantou precipitadamente.

– Não há tempo a perder. Senhor e senhora de Crozon, queiram se dirigir à sala ao lado. O senhor também, senhor d'Hautrec... e o senhor também, senhor Gerbois... A porta permanecerá aberta e, ao primeiro sinal, pedirei que intervenham. Fique, chefe, por favor.

– E se vierem outras pessoas? – perguntou o senhor Dudouis.

– Não. Esse estabelecimento é novo, e o dono, que é amigo meu, não deixará ninguém subir... exceto a Mulher Loura.

– A Mulher Loura? O que está dizendo?

– A Mulher Loura em pessoa, chefe, a cúmplice e amiga de Arsène Lupin, a misteriosa Mulher Loura, contra quem tenho provas irrefutáveis, mas contra quem quero, além disso, e na frente do senhor, reunir os testemunhos de todos que ela depenou.

E Ganimard debruçou na janela.

– Está se aproximando... entrou... não tem mais como escapar: Folenfant e Dieuzy vigiam a porta... A Mulher Loura é nossa, chefe!

Quase imediatamente, uma mulher parava na soleira, alta, magra, o rosto muito pálido e o cabelo de um louro violento.

Uma emoção tão grande sufocou Ganimard que ele permaneceu mudo, incapaz de pronunciar uma palavra que fosse. Ela estava ali, diante dele, à sua disposição! Que vitória sobre Arsène Lupin! E que revanche! Ao mesmo tempo, aquela vitória lhe parecia obtida com tal facilidade que ele se perguntava se a Mulher Loura não iria escorrer por entre seus dedos graças a algum dos milagres em que Lupin era pródigo.

Enquanto isso, ela esperava, admirada com o silêncio, e observava à sua volta sem dissimular inquietude.

"Ela vai embora! Vai se escafeder!", pensou Ganimard, perturbado. Bruscamente, interpôs-se entre ela e a porta. Ela se voltou e quis sair.

– Não, não – ele disse –, por que ir embora?

– Mas enfim, senhor, não compreendo sua atitude. Deixe-me...

– Não há nenhuma razão para partir, senhora, ao contrário, há muitas para ficar.

– No entanto...

– Inútil... Não sairá.

Inteiramente pálida, ela deixou-se cair numa cadeira e balbuciou:

– O que deseja?...

Ganimard tinha vencido. A Mulher Loura estava dominada. Senhor de si, ele articulou:

– Apresento-lhe o amigo de quem lhe falei e que deseja comprar joias... sobretudo diamantes. Conseguiu arranjar o que tinha me prometido?

– Não... não... não sei... não me lembro.

– Claro que sim... Procure se lembrar... Uma pessoa de seu conhecimento devia lhe entregar um diamante colorido... "Alguma coisa como o diamante azul", eu disse, rindo, e a senhora me respondeu: "Justamente, talvez eu tenha a peça." Lembra-se?

Ela se calava. Uma bolsinha que segurava na mão caiu. Recolheu-a apressadamente e a apertou contra si. Seus dedos tremiam um pouco.

– Vamos! – insistiu Ganimard. – Vejo que não confia em nós, senhora de Réal, vou lhe dar o bom exemplo e lhe mostrar o que eu, por minha vez, possuo.

Puxou da carteira um papel, que desdobrou, e estendeu uma mecha de cabelo.

– Eis primeiramente alguns fios de cabelo de Antoinette Bréhat, arrancados pelo barão e encontrados na mão do morto. Estive com a senhorita Gerbois: ela reconheceu positivamente a cor dos cabelos da Mulher Loura... da mesma cor que os seus, por sinal... exatamente da mesma cor.

A senhora Réal observava boquiaberta e como se efetivamente não captasse o sentido de suas palavras. Ele continuou:

– E agora eis dois frascos de perfume, sem rótulo, é verdade, e vazios, mas ainda bastante impregnados desse perfume, para que a senhorita Gerbois pudesse, esta manhã mesmo, neles distinguir o perfume da Mulher Loura que foi sua companheira de viagem durante duas semanas. Ora, um desses frascos provém do quarto que a senhora de Réal ocupava no castelo de Crozon e o outro do quarto que a senhorita ocupava no hotel Beaurivage.

– O que está dizendo?... A Mulher Loura... O castelo de Crozon...

Sem responder, o inspetor alinhou quatro folhas de papel sobre a mesa. Então recomeçou:

– Por fim, nestas quatro folhas, temos uma amostra da letra de Antoinette Bréhat, outra da mulher que escreveu ao Barão Herschmann por ocasião da venda do diamante azul, outra da senhora de Réal, por ocasião de sua estadia em Crozon, e a quarta, da senhora mesmo... são seu nome e seu endereço, fornecidos pela senhora ao porteiro do hotel Beaurivage em Trouville. Ora, compare as quatro caligrafias. São idênticas.

– Mas o senhor está louco, cavalheiro! Completamente louco! O que significa tudo isso?

– Significa, madame – exclamou Ganimard, com grande agitação –, que a Mulher Loura, amiga e cúmplice de Arsène Lupin, não é outra senão a senhora.

Ele empurrou a porta da sala ao lado, correu até o senhor Gerbois, agarrou-o pelos ombros e puxou-o até a senhora de Réal:

– Senhor Gerbois, reconhece a pessoa que raptou sua filha e que o senhor viu na casa do doutor Detinan?

– Não.

Houve uma espécie de comoção, cujo impacto foi recebido por todos os presentes. Ganimard vacilou.

– Não?... Será possível... Vejamos, reflita.

– Já refleti... A senhora é loura como a Mulher Loura... pálida como ela... mas não se parece em nada com ela.

– Não posso acreditar... Um engano desses é inadmissível... Senhor d'Hautrec, reconhece Antoinette Bréhat?

– Vi Antoinette Bréhat na casa do meu tio... Não é ela.

– Também não é a senhora de Réal – afirmou o conde de Crozon.

Era o golpe de misericórdia. Ganimard, atordoado, não se mexeu mais, permanecendo cabisbaixo, com os olhos fugidios. De todas as suas conjecturas, não restava nenhuma. O edifício desmoronava.

O senhor Dudouis se levantou.

– Perdoe-nos, senhora, houve uma confusão lamentável e peço que a esqueça. Só o que não me parece justificado é sua perturbação... sua atitude bizarra desde que está aqui.

– Meu Deus, senhor, eu estava com medo... Há mais de cem mil francos em joias na minha bolsa, e as atitudes do seu amigo não me pareciam tranquilizadoras.

– E suas ausências constantes?...

– São exigências de minha profissão, concorda?

O senhor Dudouis não soube o que responder. Voltou-se para o seu subordinado:

– O senhor colheu suas informações com uma leviandade deplorável, Ganimard, e ainda há pouco se comportou de maneira deselegante com a senhora. Venha se explicar no meu gabinete.

O interrogatório terminara. O chefe da Sûreté se dispunha a partir quando aconteceu um fato realmente desconcertante. A senhora Réal se aproximou do inspetor e lhe disse:

– Ouvi que se chama senhor Ganimard... Estou enganada?

– Não.

– Nesse caso, esta carta deve ser para o senhor. Eu a recebi hoje de manhã, com o destinatário que pode ler: *"Senhor Justin Ganimard, aos cuidados da senhora Réal"*. Pensei que era uma brincadeira, uma vez que eu não o conhecia por esse nome, mas sem dúvida o missivista desconhecido previu nosso encontro.

Por uma intuição singular, Justin Ganimard esteve prestes a agarrar a carta e destruí-la. Não ousou fazê-lo, estando na presença de seu superior, e abriu o envelope. A carta continha estas palavras, que ele articulou com uma voz quase ininteligível:

> *Era uma vez uma Mulher Loura, um Lupin e um Ganimard. Mas o malvado Ganimard queria fazer mal à bonita Mulher Loura, e o bom Lupin não queria isso. Então o bom Lupin, desejoso de que a Mulher Loura entrasse na intimidade da condessa de Crozon, fez com que ela assumisse o nome de senhora de Réal, que é idêntico – ou quase isso – ao de uma honesta comerciante cujos cabelos são dourados e o rosto pálido. E o bom Lupin pensou consigo: "Se um dia o malvado Ganimard estiver na pista da Mulher Loura, quão útil será fazê-lo desviar para a pista da honesta comerciante!" Sábia precaução e que dá seus frutos. Uma notinha enviada ao jornal do malvado Ganimard, um frasco de perfume esquecido voluntariamente pela verdadeira Mulher Loura no hotel Beaurivage, o nome e o endereço da senhora Réal fornecidos por essa verdadeira Mulher Loura na recepção do hotel, e o golpe está dado. O que me diz, Ganimard? Quis lhe contar a aventura no detalhe, sabendo que seu espírito seria o primeiro a se divertir. De fato, ela é deliciosa e confesso que de minha parte achei-a muito engraçada.*
>
> *Ao senhor, portanto, obrigado, caro amigo, e minhas melhores recordações ao excelente senhor Dudouis.*
>
> *Arsène Lupin.*

– Mas ele controla tudo! – gemeu Ganimard, que nem cogitava rir. – Sabe de coisas que eu não disse a ninguém. Como podia saber que lhe pediria para vir, chefe? Como podia saber da descoberta do primeiro frasco?... Como podia saber?...

O senhor Dudouis teve pena dele.

– Vamos, Ganimard, console-se, tentaremos fazer melhor da próxima vez.

E o chefe da Sûreté se afastou, na companhia da senhora Réal.

Dez minutos se passaram. Ganimard lia e relia a carta de Lupin. Num canto, o senhor e a senhora de Crozon, o senhor d'Hautrec e o senhor

Gerbois conversavam animadamente. Por fim, o conde foi até o inspetor e lhe disse:

– De tudo isso resulta, caro senhor, que não saímos do lugar.

– Discordo. Minha investigação confirmou que a Mulher Loura é a heroína indiscutível dessas aventuras, dirigida por Lupin. É um passo enorme.

– Contudo, não serve para nada. O problema talvez tenha inclusive ficado mais obscuro. A Mulher Loura mata para roubar o diamante azul e não o rouba. Ela o rouba, e é para se livrar dele em benefício de outro.

– Nada posso fazer quanto a isso.

– Decerto, mas outro talvez pudesse...

– O que quer dizer com isso?

O conde hesitava, mas a condessa tomou a palavra e foi direto ao ponto:

– Há um homem, um só depois do senhor, na minha opinião, capaz de combater Lupin e colocá-lo à sua mercê. Senhor Ganimard, ficaria incomodado se solicitássemos a ajuda de Herlock Sholmes?

Ele ficou sem reação.

– Claro que não... só que... não compreendo direito...

– Preste atenção. Todos esses mistérios me irritam. Quero enxergar claro. O senhor Gerbois e o senhor d'Hautrec têm a mesma vontade e entramos num acordo para nos dirigir ao célebre detetive inglês.

– Tem razão, senhora – pronunciou o inspetor Dudouis com uma lealdade que não deixava de ter certo mérito –, tem razão; o velho Ganimard não está à altura de lutar contra Arsène Lupin. Herlock Sholmes conseguirá? Assim o desejo, pois tenho por ele a maior admiração... No entanto... é pouco provável...

– É pouco provável que ele triunfe?

– É minha opinião. Considero um duelo entre Herlock Sholmes e Arsène Lupin uma coisa previamente definida. O inglês será derrotado.

– Em todo caso, ele pode contar com o senhor?

– Inteiramente, senhora. Minha colaboração está assegurada sem reservas.

– Sabe seu endereço?

– Sim. Parker Street, 219.

Na mesma noite, o senhor e a senhora de Crozon retiravam sua queixa contra o cônsul Bleichen, e uma carta coletiva era dirigida a Herlock Sholmes.

3

HERLOCK SHOLMES INICIA AS HOSTILIDADES

– O que desejam os cavalheiros?
– Pode escolher... – respondeu Arsène Lupin, a quem detalhes culinários interessavam pouco. – Pode escolher, mas nada de carne nem de álcool.
O garçom se afastou, desdenhoso. Exclamei:
– Como, ainda vegetariano?
– Cada vez mais – afirmou Lupin.
– Por gosto? Por crença? Por hábito?
– Por higiene.
– E nunca abre exceção?
– Oh! sim... quando circulo pela sociedade... para não me singularizar.
Jantávamos os dois nas proximidades da Gare du Nord, nos fundos de um pequeno restaurante, aonde fui instado por Arsène Lupin. Pois é,

de tempos em tempos ele manda um telegrama de manhã, marcando um encontro em algum canto de Paris. Nessas ocasiões, mostra-se sempre com uma verve inesgotável, feliz da vida, simples e bom menino, e sempre com uma anedota inesperada, uma recordação, o relato de uma aventura que eu ignorava.

Nessa noite, pareceu-me ainda mais exuberante do que o normal. Ria e falava com um entusiasmo ímpar e a fina ironia que lhe é peculiar, ironia sem amargura, leve e espontânea. Era um prazer vê-lo assim e não pude me abster de lhe manifestar meu contentamento.

– Pois é – ele exclamou –, há dias em que tudo me parece delicioso, em que a vida fervilha dentro de mim como um tesouro infinito que não conseguirei jamais esgotar. E, no entanto, Deus sabe que vivo sem economizar!

– Talvez até demais.

– O tesouro é infinito, estou lhe dizendo! Posso gastar e desperdiçar, posso lançar minhas forças e minha juventude aos quatro ventos, é o espaço que abro para forças mais vivas e mais jovens... E depois, para falar a verdade, minha vida é tão bonita... Bastaria querer, não é mesmo, para me tornar de um dia para o outro, vejamos... orador, dono de fábrica, político... Pois bem, juro, nunca tal ideia me ocorreria! Arsène Lupin sou, Arsène Lupin permaneço. E procuro em vão na história um destino comparável ao meu, mais bem realizado, mais intenso... Napoleão? Sim, talvez... Mas o Napoleão do fim de sua carreira imperial, durante a campanha da França, quando a Europa o esmagava e ele se perguntava a cada batalha se não era a última que travava.

Falava sério? Brincava? O tom de sua voz esquentara, e ele prosseguiu:

– Pense bem, tudo está no perigo! A sensação ininterrupta do perigo! Respirá-lo como o ar que respiramos... discerni-lo à sua volta, bufando, rugindo, espreitando, aproximando-se... E, em meio à tempestade, permanecer calmo... não se mexer! Senão, você está perdido... Só existe uma sensação equivalente, a do piloto numa corrida automobilística! Mas uma corrida dura uma manhã, e minha corrida dura a vida inteira!

ARSÈNE LUPIN CONTRA HERLOCK SHOLMES

– Que lirismo!... – exclamei. – E quer me fazer crer que não tem um motivo especial para tamanha efusão!

Ele sorriu.

– Muito bem, você é um psicólogo sensível. De fato, há outra coisa.

Serviu-se um grande copo de água gelada, bebeu e me disse:

– Leu o *Le Temps* de hoje?

– Caramba, não.

– Herlock Sholmes atravessou a Mancha esta tarde e chegou por volta das seis horas.

– Diabos! E por quê?

– Uma pequena viagem, presente dos Crozon, do sobrinho d'Hautrec e do Gerbois. Encontraram-se na Gare du Nord e dali juntaram-se a Ganimard. Neste momento, os seis confabulam.

Nunca, a despeito da formidável curiosidade que Arsène Lupin me inspira, permiti-me interrogá-lo sobre os atos de sua vida privada, antes que ele mesmo os abordasse. Há, de minha parte, uma preocupação com a discrição sobre a qual não transijo. Naquele momento, aliás, seu nome ainda não estava envolvido, ao menos oficialmente, no caso do diamante azul. Esperei pacientemente. Ele continuou:

– O *Le Temps* publica igualmente uma entrevista desse excelente Ganimard, segundo a qual uma certa mulher loura, supostamente minha amiga, teria assassinado o Barão d'Hautrec e tentado subtrair da senhora de Crozon seu famoso anel. E, naturalmente, ele me acusa de ser o instigador desses crimes.

Um ligeiro arrepio me fez estremecer. Seria verdade? Eu deveria crer que a mania de roubar, seu estilo de vida, a própria lógica dos acontecimentos, tinha arrastado aquele homem até o assassinato? Observei-o. Parecia tão calmo, seus olhos me olhavam tão francamente!

Examinei suas mãos; eram modeladas com infinita delicadeza, mãos completamente inofensivas, mãos de artista…

– Ganimard é um alucinado – murmurei.

Ele protestou:

– Não, não, Ganimard tem sutileza... Às vezes até mesmo inteligência.

– Inteligência!

– Sim, sim. Por exemplo, essa entrevista é um golpe de mestre. Primeiro anuncia a chegada de seu rival inglês, para me advertir e tornar a tarefa do outro mais difícil. Depois, revela o ponto exato até onde levou o caso, para que Sholmes só se beneficie das próprias descobertas. É uma boa tática.

– Seja como for, eis você com dois adversários nos braços, e que adversários!

– Oh! Um não conta.

– E o outro?

– Sholmes? Oh! Confesso que esse é dos bons. Mas é justamente o que me apaixona e a razão de você me ver tão bem-humorado. Antes de mais nada, por uma questão de amor-próprio: não julgam exagerado contratar o célebre inglês para me vencer. Em seguida, pense no prazer que deve experimentar um lutador do meu naipe só de pensar num duelo com Herlock Sholmes. Finalmente! Serei obrigado a me empenhar muito! Conheço o sujeito, ele não recuará um passo.

– Ele é forte.

– Muito forte. Como policial, não creio que jamais tenha existido ou exista outro igual. Por outro lado, levo uma vantagem sobre ele, é que ele ataca e eu me defendo. Meu papel é mais fácil. Além disso...

Sorriu imperceptivelmente, antes de terminar a frase:

– Além disso, conheço sua maneira de lutar, e ele não conhece a minha. Reservo-lhe alguns golpes secretos que o farão refletir...

Ele tamborilava na mesa, extasiado, e deixava escapar pequenas fórmulas:

– Arsène Lupin contra Herlock Sholmes... França contra Inglaterra... Finalmente, Trafalgare será vingada!... Ah! O infeliz... nem desconfia que estou preparado... e um Lupin precavido...

Interrompeu-se subitamente, sacudido por um acesso de tosse, e escondeu o rosto no prato, como se tivesse engasgado.

ARSÈNE LUPIN CONTRA HERLOCK SHOLMES

– Um miolo de pão? – perguntei. – Tome um pouco d'água.

– Não, não é isso – ele disse, com a voz abafada.

– Então... o que é?

– Preciso de ar.

– Deseja que abram a janela?

– Não, vou sair, rápido, passe-me o paletó e o chapéu, vou zarpar...

– Ora, mas o que houve?

– Esses dois cavalheiros que acabam de entrar... está vendo, o mais alto... pois bem, ao sair, caminhe do meu lado esquerdo, de modo que ele não possa me ver.

– Esse que sentou atrás de você?...

– Ele mesmo... por razões pessoais, prefiro... lá fora eu lhe explicarei...

– Mas quem é, então?

– Herlock Sholmes.

Fez um violento esforço para se controlar, como se tivesse vergonha de sua agitação. Largou o guardanapo, engoliu um copo d'água e, sorrindo, inteiramente recuperado, disse-me:

– Engraçado, hein? Não costumo me abalar com facilidade, mas essa visão inesperada...

– O que teme, uma vez que ninguém pode reconhecê-lo, depois de todas as suas transformações? Eu mesmo, todas as vezes que o encontro, penso me encontrar diante de um indivíduo novo.

– Ele me reconhecerá – disse Arsène Lupin. – Só me viu uma vez, mas percebi que me via pela vida inteira e que via não apenas minha aparência, sempre alterável, mas o ser mesmo que sou... E depois... e depois... eu não esperava por isso, caramba!... Que encontro singular... neste pequeno restaurante...

– Muito bem – repliquei –, saímos?

– Não... não...

– O que fará?

– O melhor seria agir francamente... entregar-me a ele...

– Não está pensando nisso...

– Claro que sim, estou... Afinal, eu poderia aproveitar para interrogá-lo, saber o que ele sabe... Ah, pronto, tenho a impressão de que seus olhos pousam na minha nuca, nos meus ombros... e que ele procura... recorda...

Refletiu. Notei um sorriso malicioso no canto dos lábios, depois, obedecendo, creio, mais a um capricho de sua natureza impulsiva do que às exigências da situação, levantou-se bruscamente, voltou-se e, inclinando-se, todo alegre:

– Mas que coincidência!... É realmente muita sorte... Permita-me apresentar-lhe um de meus amigos...

Por um ou dois segundos, o inglês pareceu desconcertado, pois, num gesto instintivo, quase se atirou sobre Arsène Lupin. Este balançou a cabeça:

– Seria um erro de sua parte... sem falar que o gesto seria deselegante... e tão inútil!

O inglês olhou para os dois lados, como se buscando socorro.

– Isso também não – decretou Lupin. – Aliás, tem mesmo certeza de estar autorizado a me capturar? Vamos, mostre que é um bom jogador.

Mostrar que era um bom jogador, no caso, não era tentador. Foi este, contudo, o partido que pareceu o melhor ao inglês, pois ele, fazendo menção de levantar-se, apresentou com frieza:

– Mister Wilson, meu amigo e colaborador.

– Monsieur Arsène Lupin.

O estupor de Wilson era ridículo. O cenho franzido e a boca larga faziam dois riscos atravessar seu rosto obeso, com a pele luzidia e esticada feito uma maçã, em torno do qual cabelos à escovinha e uma barba curta estavam plantados como talos de capim, grossos e vigorosos.

– Wilson, você não esconde o pasmo diante dos acontecimentos mais naturais deste mundo – riu Herlock Sholmes, com uma nuance de ironia.

Wilson balbuciou:

ARSÈNE LUPIN CONTRA HERLOCK SHOLMES

– Por que não o prende?

– Não percebeu, Wilson, que esse *gentleman* está posicionado entre mim e a porta e a dois passos da rua? Eu não teria tempo de mexer o dedo mínimo e ele já estaria do lado de fora.

– Não seja por isso – provocou Lupin.

Deu a volta na mesa e sentou-se de maneira que o inglês ficasse entre a porta e ele. Era entregar-se de bandeja.

Wilson observou Herlock Sholmes para saber se tinha o direito de admirar aquele rasgo de audácia. O inglês permaneceu impenetrável. Porém, ao fim de um instante, chamou:

– Garçom!

O garçom acorreu. Sholmes pediu:

– Refrescos, cerveja e uísque.

A paz estava assinada... até segunda ordem. Em seguida, nós quatro, sentados à mesma mesa, conversávamos tranquilamente.

Herlock Sholmes é um homem... como encontramos todos os dias. Na casa dos cinquenta anos, parece um burguês convicto que teria passado a vida em frente a uma mesa, mantendo livros de contabilidade. Nada o distingue de um honesto cidadão de Londres, nem suas suíças arruivadas, nem seu queixo escanhoado, nem seu aspecto um tanto pesado – nada a não ser seus olhos terrivelmente agudos, vivos e penetrantes.

Afinal, trata-se de Herlock Sholmes, isto é, uma espécie de fenômeno de intuição, observação, clarividência e engenhosidade. É como se a natureza tivesse se divertido em pegar os dois tipos de policial mais extraordinários que a imaginação produziu, o Dupin de Edgar Poe e o Lecoq de Gaboriau, para com eles, à sua maneira, construir um terceiro, ainda mais extraordinário e irreal. E, quando ouvimos a história das façanhas que o celebrizaram no mundo inteiro, na verdade nos perguntamos se ele mesmo, esse Herlock Sholmes, não é um personagem lendário, um herói expelido do cérebro de um grande romancista, de um Conan Doyle, por exemplo.

Imediatamente, como Arsène Lupin o interrogava sobre a duração de sua estadia, Sholmes colocou a conversa em seu verdadeiro terreno.

– Minha estadia depende do senhor, senhor Lupin.

– Oh! – exclamou o outro, rindo. – Se dependesse de mim, eu lhe pediria que embarcasse novamente no seu paquete esta noite.

– Esta noite é um pouco cedo, mas espero que dentro de oito ou dez dias...

– Tanta pressa assim?

– Tenho várias coisas em andamento: o assalto do Banco Anglo-Chinês, o rapto de lady Eccleston... Vejamos, senhor Lupin, acha que uma semana será o suficiente?

– Dá e sobra, caso se atenha ao duplo caso do diamante azul. É, de resto, o lapso de tempo de que preciso para tomar minhas precauções, se a elucidação desse duplo caso vier a lhe dar sobre mim algumas vantagens relativas à minha segurança.

– O problema – disse o inglês – é que pretendo efetivamente obter essas vantagens no espaço de oito a dez dias.

– E me prender no décimo primeiro, talvez?

– No décimo, prazo final.

Lupin refletiu e, balançando a cabeça:

– Difícil... difícil...

– Difícil, sim, mas possível. Logo, uma certeza...

– Certeza absoluta – enfatizou Wilson, como se ele mesmo vislumbrasse claramente a longa série de astúcias que levaria seu amigo ao resultado previsto.

Herlock Sholmes sorriu:

– Wilson, que sabe das coisas, está aqui para ratificá-lo.

E continuou:

– Evidentemente, não disponho de todos os trunfos nas mãos, uma vez que se trata de casos ocorridos alguns meses atrás. Faltam-me os elementos, os indícios sobre os quais tenho o hábito de basear minhas investigações.

ARSÈNE LUPIN CONTRA HERLOCK SHOLMES

– Como manchas de lama e cinzas de cigarro – articulou Wilson, com ar solene.

– Mas, afora as notáveis conclusões do senhor Ganimard, disponho de todas as reportagens escritas a respeito, todas as observações colhidas e, consequentemente, algumas ideias pessoais sobre o caso.

– Alguns pontos de vista que nos foram sugeridos seja por análise, seja por hipótese – acrescentou Wilson sentenciosamente.

– Seria indiscreto – perguntou Arsène Lupin, no tom respeitoso que empregava com Sholmes – indagar-lhe a opinião geral que chegou a formar?

De fato, era a coisa mais apaixonante ver aqueles dois homens um diante do outro, cotovelos na mesa, discutindo grave e calmamente como se tivessem um problema árduo para resolver ou devessem entrar num consenso sobre um ponto de controvérsia. E tudo se dava com uma ironia superior, que ambos cultivavam profundamente, como diletantes e artistas. Wilson, por sua vez, regalava-se.

Herlock encheu lentamente seu cachimbo, acendeu-o e se exprimiu com as seguintes palavras:

– Julgo esse caso infinitamente menos complexo do que parece à primeira vista.

– Muito menos, com efeito – repetiu Wilson, eco fiel.

– Digo o caso, pois, para mim, há apenas um. A morte do Barão d'Hautrec, a história do anel e, não esqueçamos, o mistério do número 514, série 23, não passam das muitas faces do que poderíamos chamar de o enigma da Mulher Loura. Ora, a meu ver, trata-se pura e simplesmente de descobrir o elo que une esses três episódios da mesma história, o fato que prova a unidade dos três métodos. Ganimard, cujo tino é um pouco superficial, vê essa unidade na faculdade de desaparecimento, no poder de ir e vir permanecendo ao mesmo tempo invisível. Essa intervenção do milagre não me satisfaz.

– E o que isso quer dizer?

– Quer dizer que, na minha opinião – articulou com clareza Herlock Sholmes –, a característica dessas três aventuras é seu desígnio manifesto, evidente, embora não percebido até aqui, de levar o caso para o terreno previamente escolhido pelo senhor. Há nisso, de sua parte, mais que um plano, uma necessidade, uma condição *sine qua non* para o êxito.

– Poderia descer a alguns detalhes?

– Nada mais fácil. Por exemplo, desde o início do seu conflito com o senhor Gerbois, não é evidente que o apartamento do doutor Detinan é o local escolhido pelo senhor, o local inevitável onde deve acontecer a reunião? Nenhum outro lhe parece mais seguro, a tal ponto que é lá que o senhor marca o encontro, publicamente poderíamos dizer, com a Mulher Loura e a senhorita Gerbois.

– A filha do professor – esclareceu Wilson.

– Agora, passemos ao diamante azul. Por acaso havia tentado apropriar-se dele desde que o Barão d'Hautrec o possuía? Não. Mas o barão herda a mansão de seu irmão: seis meses depois, intervenção de Antoinette Bréhat e primeira tentativa. O diamante lhe escapa e vem o leilão, organizado com grande estrépito na casa Drouot. Será limpo esse leilão? O comprador mais rico está seguro de adquirir a joia? De forma alguma. No momento em que o banqueiro Herschmann vai arrematá-lo, uma mulher lhe entrega uma carta de ameaças e é a condessa de Crozon, preparada e influenciada por essa mesma mulher, que compra o diamante. Ele vai desaparecer imediatamente? Não; faltam-lhe os meios. Logo, uma pausa. Mas a condessa se instala em seu castelo. É o que o senhor esperava. O anel desaparece.

– Para reaparecer no pó dentifrício do cônsul Bleichen, anomalia bizarra – objetou Lupin.

– Ora, vamos – exclamou Herlock, batendo na mesa –, não é a mim que deve contar essas baboseiras. Que os imbecis se deixem engambelar, tudo bem, mas não a velha raposa que sou.

– O que significa?...

– O que significa...

Sholmes fez uma pausa, como se quisesse administrar o impacto. Por fim, formulou:

– O diamante azul que descobriram no pó dentifrício é um diamante falso. O verdadeiro está com o senhor.

Arsène Lupin permaneceu calado por um instante; depois, muito simplesmente, com os olhos pregados no inglês:

– É um homem ousado, senhor.

– Um homem ousado, não é mesmo? – repetiu Wilson, pasmo de admiração.

– Sim – afirmou Lupin –, tudo se esclarece, tudo ganha seu verdadeiro sentido. Nenhum dos juízes de instrução, nenhum dos repórteres especiais que se entranharam nesse caso foram tão longe na direção da verdade. É um milagre de intuição e lógica.

– Bah! – fez o inglês, lisonjeado com a homenagem de tamanho perito.

– Bastava refletir.

– Bastava saber refletir, e muitos poucos o sabem! Mas agora que o campo das suposições se estreitou e o terreno foi capinado...

– Pois bem, agora, só preciso descobrir por que as aventuras tiveram seu desfecho no número 28 da rua Clapeyron, no 134 da avenida Henri-Martin e entre os muros do castelo de Crozon. Todo o caso reside aí. O resto não passa de lorota e adivinhação infantil. Não é sua opinião?

– É minha opinião.

– Nesse caso, senhor Lupin, estou errado em repetir que dentro de dez dias minha missão estará terminada?

– Dentro de dez dias, toda a verdade será do seu conhecimento.

– E o senhor será preso.

– Não.

– Não?

– Para que eu seja preso, é necessário um concurso de circunstâncias tão inverossímil, uma série de tristes coincidências tão estarrecedoras, que não admito tal eventualidade.

– O que não podem as circunstâncias e as coincidências adversas, a vontade e a obstinação de um homem poderão, senhor Lupin.

– Se a vontade e a obstinação de outro não opuserem a tal desígnio um obstáculo invencível, senhor Sholmes.

– Não existe obstáculo invencível, senhor Lupin.

O olhar que trocaram foi profundo, sem provocação de nenhuma das partes, mas calmo e insolente.

Era o choque de duas espadas iniciando o duelo, que soava claro e franco.

– Melhor assim – exclamou Lupin –, eis alguém! Um adversário, uma ave rara, e é Herlock Sholmes! Vamos nos divertir.

– Não tem medo? – perguntou Wilson.

– Quase, senhor Wilson, e a prova – disse Lupin, levantando-se – é que vou apressar minhas disposições de retirada... sem o que poderia ser capturado na toca. Combinamos dez dias, senhor Sholmes?

– Dez dias. Hoje é domingo. De quarta-feira a uma semana, tudo estará terminado.

– E estarei atrás das grades?

– Sem a menor dúvida.

– Raios! E eu tão feliz com a minha vida sossegada. Sem aborrecimentos, um bom fluxo de negócios, a polícia vivendo um inferno, a impressão reconfortante da simpatia universal que me cerca... Precisarei mudar tudo isso! Enfim, é o avesso da medalha... Depois da bonança, a tempestade... Não é mais hora de rir. Adeus...

– Avie-se – alertou Wilson, cheio de solicitude por um indivíduo ao qual Sholmes inspirava tanta consideração –, não perca um minuto.

– Nem um minuto, senhor Wilson, apenas o tempo de lhe dizer como estou feliz com este encontro e como invejo o mestre por ter colaborador tão valioso quanto o senhor.

Cumprimentaram-se cortesmente, como, no terreno de luta, dois adversários a quem nenhum ódio divide, mas que o destino obriga a duelarem sem misericórdia. E Lupin, agarrando meu braço, arrastou-me para a saída.

– O que me diz, meu caro? Eis um repasto cujos incidentes hão de se destacar nas memórias que prepara sobre mim.

Ele fechou a porta do restaurante, parando alguns passos adiante:

– Você fuma?

– Não, mas você tampouco, parece-me.

– Eu tampouco.

Acendeu um cigarro com a ajuda de um fósforo de cera, que agitou várias vezes para apagar. Mas, assim que jogou fora o cigarro, atravessou correndo a rua e se juntou a dois homens que acabavam de surgir da sombra, como chamados por um sinal. Conversou alguns minutos com eles na outra calçada, depois voltou até onde eu estava.

– Peço-lhe perdão, esse diabólico Sholmes vai me dar trabalho. Mas juro que ele não acabou com Lupin ainda... Ah, o malandro, ele verá que sou um osso duro de roer... Até logo. O inefável Wilson tem razão, não tenho um minuto a perder.

Afastou-se rapidamente.

Assim terminou a estranha noite, ou pelo menos a parte da noite em que estive envolvido. Pois, nas horas seguintes, desenrolaram-se outros acontecimentos, que as confidências dos outros comensais desse jantar me permitiram felizmente reconstituir em detalhe.

No exato instante em que Lupin me deixava, Herlock Sholmes puxou seu relógio e se levantou:

– Vinte para as nove. Às nove devo encontrar o conde e a condessa na estação.

– A caminho! – exclamou Wilson, descendo dois copos de uísque um atrás do outro.

Saíram.

– Wilson, não se vire... Talvez estejamos sendo seguidos; nesse caso, vamos agir como se não nos importássemos... Então, Wilson, dê-me sua opinião: por que Lupin estava nesse restaurante?

Wilson não hesitou:

– Para comer.

– Wilson, quanto mais trabalhamos juntos, mais percebo a continuidade dos seus progressos. Palavra de honra, você vai se tornando assombroso.

Na penumbra, Wilson ficou vermelho de prazer, e Sholmes prosseguiu:

– Para comer, vá lá, e em segundo lugar, muito provavelmente, para se certificar de que vou mesmo a Crozon, como anuncia Ganimard em sua entrevista. Vou então, a fim de não o contrariar. Mas, como se trata de ganhar tempo sobre ele, não vou.

– Como? – reagiu Wilson, pasmo.

– Você, meu amigo, siga por essa rua, pegue um coche, dois, três coches. Volte mais tarde para apanhar as valises que deixamos no guarda-volumes e, a galope, dirija-se ao Élysée-Palace.

– E no Élysée-Palace?

– Peça um quarto, deite-se, durma com um olho aberto e aguarde minhas instruções.

Wilson, todo orgulhoso do importante papel que lhe era confiado, partiu. Herlock Sholmes pegou seu bilhete e dirigiu-se ao expresso de Amiens, no qual o conde e a condessa de Crozon já estavam instalados.

Limitou-se a cumprimentá-los, acendeu um segundo cachimbo e fumou tranquilamente, de pé no corredor.

O trem se mexeu. Ao cabo de dez minutos, ele foi sentar-se junto à condessa e lhe disse:

– Está com o anel, senhora?

– Sim.

– Faça a gentileza de me emprestá-lo.

Pegou-o e examinou-o.

– É de fato o que eu pensava, é diamante reconstituído.

– Diamante reconstituído?

– Um novo procedimento que consiste em submeter o pó do diamante a uma temperatura altíssima, de maneira a reduzi-lo em fusão... só faltando reconstituí-lo numa única pedra.

– Como assim?! Meu diamante é verdadeiro.

– O seu, sim, mas este não é o seu.

– E onde está o meu?

– Nas mãos de Arsène Lupin.

– E este, então?

– Foi posto no lugar do seu e enfiado no frasco do senhor Bleichen, onde o encontrou.

– É então falso?

– Completamente falso.

Estupefata, alterada, a condessa se calou, enquanto o marido, incrédulo, virava e revirava a joia em todas as direções. Ela terminou por balbuciar:

– Será possível?! Mas por que não o roubaram pura e simplesmente? E como o surrupiaram?

– É precisamente isso que tratarei de esclarecer.

– No castelo de Crozon?

– Não, descerei em Creil e volto a Paris. É lá que se deve travar o duelo entre mim e Arsène Lupin. As estocadas terão o mesmo efeito em qualquer lugar, mas é preferível que Lupin me julgue em viagem.

– No entanto...

– O que lhe importa, senhora? O essencial é seu diamante, não é?

– Sim.

– Pois bem, fique tranquila. Assumi não faz muito tempo um compromisso muito mais difícil de cumprir. Palavra de Herlock Sholmes, eu lhe devolverei o diamante verdadeiro.

O trem desacelerava. Ele guardou o falso diamante no bolso e abriu a portinhola do vagão. O conde exclamou:

– Mas o senhor está descendo no meio da pista!

– Assim, se Lupin infiltrou alguém neste vagão, eles perderão meu rastro.

Um funcionário protestou em vão. O inglês se dirigiu ao escritório do chefe da estação. Cinquenta minutos depois, pulava num trem que o deixaria de volta a Paris um pouco antes da meia-noite.

Lá, atravessou a estação correndo, cruzou a área de alimentação, saiu por outra porta e se precipitou dentro de um fiacre.

– Cocheiro, rua Clapeyron.

Tendo adquirido a certeza de que não era seguido, mandou o coche parar no começo da rua e procedeu a um exame minucioso no prédio do doutor Detinan e em dois prédios vizinhos. Dando passadas iguais, media certas distâncias e escrevia observações e algarismos em sua caderneta.

– Cocheiro, avenida Henri-Martin.

Na esquina da avenida com a rua de la Pompe, pagou a corrida, seguiu pela calçada até o 134 e repetiu tais procedimentos em frente ao antigo palacete do Barão d'Hautrec e aos dois prédios laterais, medindo a largura de suas respectivas fachadas e calculando a profundidade dos pequenos jardins que as precedem.

A avenida estava deserta e muito escura sob suas quatro fileiras de árvores, entre as quais, de quando em quando, um bico de gás parecia lutar inutilmente contra a espessura das trevas. Um deles projetava uma pálida luz sobre parte do palacete, e Sholmes viu a placa "aluga-se" pendurada no portão, as duas aleias maltratadas que cercavam o pequeno gramado, e as vastas janelas vazias da casa desabitada.

"É verdade", ele constatou, "desde a morte do barão, ninguém mora aqui… Ah, se eu pudesse entrar e fazer uma primeira visita!"

Ao esboçar a ideia, quis logo executá-la. Mas como? Uma vez que a altura do portão inviabilizava qualquer tentativa de escalada, pegou no bolso uma lanterna elétrica e uma chave-mestra da qual não se separava. Para seu grande espanto, percebeu que um dos batentes estava entreaberto. Esgueirou-se então no jardim, cuidando de não fechar o batente. Mal dera três passos, deteve-se. Numa das janelas do segundo andar, avistara uma luz se mexendo.

E a luz passou por uma segunda janela e por uma terceira, sem que ele pudesse ver outra coisa senão uma silhueta perfilar-se nas paredes dos quartos. Do segundo andar, a luz desceu ao primeiro e, demoradamente, vagou de cômodo em cômodo.

"Diabos, quem pode passear à uma da manhã na casa onde o Barão d'Hautrec foi morto?" perguntou-se Herlock, prodigiosamente interessado.

Não havia senão um meio de saber, era ele próprio insinuar-se lá dentro. Não hesitou. Porém, ao se aproximar dos degraus da entrada, ele atravessou a faixa de claridade projetada pelo bico de gás, e o homem deve tê-lo avistado, pois a luz se apagou subitamente e Herlock Sholmes não a viu mais.

Delicadamente, empurrou a porta da entrada. Também estava aberta. Não ouvindo nenhum ruído, arriscou-se na escuridão, encontrou o início do corrimão e subiu um andar. Sempre o mesmo silêncio, nas mesmas trevas.

Ao chegar ao saguão, entrou num cômodo e aproximou-se da janela, que refletia um pouco de luz da noite. Avistou então, do lado de fora, o homem, que, tendo descido por outra escada, sem dúvida, e saído por outra porta, esgueirava-se à esquerda, ao longo dos arbustos que margeavam o muro entre os dois jardins.

– Diabos – exclamou Sholmes –, ele vai escapar!

Desceu desabalado e transpôs a escada da entrada a fim de lhe cortar a retirada. Contudo, não viu mais ninguém e precisou de alguns segundos para distinguir, no emaranhado dos arbustos, uma massa mais escura e não completamente imóvel.

O inglês refletiu. Por que o indivíduo não tentara fugir, quando poderia tê-lo feito com facilidade? Permaneceria ali para vigiar o intruso que o atrapalhara em sua misteriosa tarefa?

"Em todo caso", pensou, "não é Lupin. Lupin teria sido mais safo. É alguém do seu bando."

Longos minutos transcorreram. Herlock não se mexeu, o olho pregado no adversário que o espiava. Mas, como esse adversário não se mexia tampouco, e o inglês não era homem de se entrevar na apatia, o detetive checou se o tambor do seu revólver funcionava, desembainhou seu punhal e caminhou em direção ao inimigo com a audácia fria e o desdém pelo perigo que o fazem tão temível.

Um ruído seco: o indivíduo engatilhava seu revólver. Herlock se atirou bruscamente sobre a moita. O outro não teve tempo de correr: o inglês já estava em cima dele. Seguiu-se uma luta violenta, desesperada, durante a qual Herlock pressentia o esforço do homem para puxar sua faca. Sholmes, no entanto, excitado com a ideia de sua vitória iminente, o desejo louco de se apoderar, desde o primeiro momento, desse cúmplice de Arsène Lupin, sentia-se tomado por uma força irresistível. Derrubou o adversário, imprensou-o com todo o seu peso e, imobilizando-o com os cinco dedos fincados na garganta do infeliz, como as garras de um abutre, com a mão livre procurou sua lanterna elétrica, apertou o botão e projetou a luz no rosto de seu prisioneiro.

– Wilson! – berrou, aterrado.

– Herlock Sholmes! – balbuciou uma voz engasgada, cavernosa.

Permaneceram longo tempo um em cima do outro sem trocar uma palavra, ambos aniquilados, o cérebro vazio. A buzina de um automóvel rasgou os ares. Um pouco de vento agitou as folhas. Sholmes não se mexia, os cinco dedos ainda cravados na garganta de Wilson, que exalava um estertor cada vez mais fraco.

De repente, louco de raiva, Herlock largou o amigo, mas para agarrá-lo pelos ombros e sacudi-lo freneticamente.

– O que faz aqui? Responda… o quê?... Por acaso eu lhe disse para se esconder nos arbustos e me espionar?

– Espioná-lo – gemeu Wilson –, mas eu não sabia que era você.

– Então o quê? O que faz aqui? Devia estar deitado.

– Eu me deitei.

– Devia estar dormindo!

– Eu dormi.

– Não devia ter acordado!

– Sua carta...

– Minha carta?...

– Sim, a que um mensageiro me entregou de sua parte no hotel...

– Uma mensagem minha? Enlouqueceu?

– Juro.

– Onde está essa carta?

Seu amigo lhe estendeu uma folha de papel. À luz da lanterna, Sholmes leu-a com estupor:

Wilson, fora da cama! Corra até a avenida Henri-Martin. A casa está vazia. Entre, inspecione, faça uma planta exata e volte para dormir. Herlock Sholmes.

– Eu estava medindo os cômodos – explicou Wilson –, quando percebi uma sombra no jardim. Só me passou uma coisa pela cabeça...

– Foi agarrar a sombra... A ideia era excelente... Mas, por favor – disse Sholmes, ajudando seu companheiro a se levantar e empurrando-o –, da próxima vez, Wilson, quando receber uma carta minha, certifique-se primeiro de que minha letra não foi imitada.

– Mas então – disse Wilson, começando a vislumbrar a verdade – a carta não é sua?

– Infelizmente, não.

– De quem é?

– De Arsène Lupin.

– Mas com que objetivo ele a escreveu?

– Ah, disso não faço ideia, e é justamente o que me preocupa. Por que diabos ele se deu ao trabalho de importuná-lo? Se ainda fosse comigo, eu compreenderia, mas foi só com você. E me pergunto qual interesse...

– Estou com pressa de voltar ao hotel.

– Eu também, Wilson.

Chegaram ao portão. Wilson, que estava à frente, pegou uma barra e puxou.

– Que estranho – ele disse –, você fechou?

– De forma alguma, deixei o batente apenas encostado.

– No entanto...

Herlock puxou por sua vez, depois, abalado, tentou a fechadura. Uma praga lhe escapou.

– Com mil raios... está fechado! Fechado a chave!

Sacudiu a porta com toda a força, depois, compreendendo a inutilidade de seus esforços, deixou cair os braços, desanimado, e articulou, com uma voz espasmódica:

– Agora entendi tudo, é ele: Lupin previu que eu desembarcaria em Creil e armou aqui uma bonita ratoeirazinha para o caso de eu começar minha investigação na mesma noite. Além disso, fez a gentileza de me enviar um colega de cativeiro. Tudo isso para me fazer perder um dia e, sem dúvida, para demonstrar que eu faria muito melhor se cuidasse dos meus assuntos...

– Quer dizer que somos seus prisioneiros.

– Você disse tudo. Herlock Sholmes e Wilson são prisioneiros de Arsène Lupin. A aventura começa às mil maravilhas... Mas não, não, isso é inadmissível...

Uma mão desceu sobre seu ombro, a mão de Wilson.

– Lá no alto... olhe lá no alto... uma luz...

Com efeito, uma das janelas do primeiro andar estava iluminada.

Saíram os dois desabalados, cada um por sua escada, chegando ao mesmo tempo na entrada do quarto aceso. No meio do cômodo, ardia uma espécie de vela. Ao lado, havia uma cesta, e dela emergiam o gargalo de uma garrafa, as coxas de um frango e metade de um pão.

Sholmes caiu na risada.

– Magnífico oferecem-nos uma ceia. É o palácio dos feitiços. Um verdadeiro conto de fadas! Vamos, Wilson, não faça essa cara de enterro. Tudo isso é engraçadíssimo.

– Tem certeza de que é engraçadíssimo? – gemeu Wilson, lúgubre.

– Sim, tenho certeza – exclamou Sholmes, com uma alegria um pouco ruidosa demais para ser natural –, quer dizer, nunca vi nada mais engraçado. É um humor sadio... Que mestre da ironia é esse Arsène Lupin. Ele tapeia você, mas com tanta graça... Eu não cederia meu lugar nesse banquete nem por todo o ouro do mundo... Wilson, meu velho, você me aflige. Estou enganado ou não tem a nobreza de caráter que ajuda a suportar o infortúnio? De que se queixa? A esta hora poderia estar com o meu punhal na garganta... ou eu com o seu na minha... pois era isso que você procurava, funesto amigo.

Conseguiu, à força de humor e sarcasmos, reanimar o pobre Wilson e fazê-lo engolir uma coxa de frango e um copo de vinho. Mas, quando a vela se extinguiu e precisaram deitar para dormir, no assoalho, e aceitar a parede como travesseiro, o lado cruel e ridículo da situação veio à tona. E o sono dos dois foi triste.

Pela manhã, Wilson acordou cheio de câimbras e tiritando de frio. Um leve ruído chamou sua atenção: Herlock Sholmes, de joelhos, curvado, observava grãos de poeira com a lupa e detectava marcas de giz branco, quase apagadas, que formavam algarismos, algarismos que ele anotava em sua caderneta.

Escoltado por Wilson, a quem esse trabalho interessava especialmente, estudou cada cômodo, constatando as mesmas marcas de giz em outros dois. E encontrou igualmente dois círculos nos painéis de carvalho, uma flecha num lambri e quatro algarismos em quatro degraus da escada.

Ao fim de uma hora, Wilson lhe disse:

– Os números são precisos, não é?

– Precisos, não faço ideia – respondeu Herlock, a quem tais descobertas haviam devolvido o bom humor. – Em todo caso, significam alguma coisa.

– Uma coisa óbvia – replicou Wilson –, representam o número de tacos do assoalho.

– Ah!

– Quanto aos dois círculos, indicam que os painéis são falsos, como pode comprovar, e a flecha está apontada na direção do elevador de pratos.

Herlock Sholmes fitou-o maravilhado.

– E essa agora! Ora, querido amigo, como sabe de tudo isso? Sua clarividência chega a me deixar encabulado.

– Oh, é muito simples – explicou Wilson, estufando de alegria –, fui eu que tracei essas marcas ontem à noite, seguindo suas instruções, ou melhor, as de Lupin, uma vez que a carta que me enviou é dele.

Talvez nesse minuto Wilson tenha corrido um perigo mais terrível do que durante sua luta com Sholmes na moita. O detetive sentiu uma vontade feroz de estrangulá-lo. Dominando-se, esboçou uma careta que se pretendia um sorriso e sentenciou:

– Perfeito, perfeito, eis um excelente trabalho que nos adianta muito. Seu admirável espírito de análise e de observação foi empregado em alguma outra questão? Tirarei proveito dos resultados alcançados.

– Juro que não. Parei nisso.

– Que pena! O começo foi promissor. Mas, já que é assim, só nos resta ir embora.

– Ir embora! E como?

– Segundo o modo habitual das pessoas honestas que vão embora: pela porta.

– Está fechada.

– Alguém abrirá.

– Quem?

– Queira chamar esses dois policiais a postos na avenida.

– Mas...

– Mas o quê?

– É humilhante demais... Que dirão quando souberem que você, Herlock Sholmes, e eu, Wilson, ficamos prisioneiros de Arsène Lupin?

– O que fazer, meu caro, vão se contorcer de rir – respondeu Herlock, a voz seca, o rosto contraído. – Mas não podemos tomar esta casa como domicílio.

– E não vai tentar nada?

– Nada.

– No entanto, o homem que nos trouxe o cesto com o lanche não atravessou o jardim nem quando chegou nem quando partiu. Logo, existe outra saída. Vamos procurá-la e não precisaremos recorrer aos guardas.

– Poderosamente raciocinado. Só está esquecendo que a polícia de Paris procurou essa saída há seis meses e que eu mesmo, enquanto você dormia, percorri o palacete de alto a baixo. Ah! meu bom Wilson, Arsène Lupin é uma caça com que não estamos habituados. Não deixa nenhum rastro...

Às onze horas, Herlock Sholmes e Wilson foram libertados... e conduzidos ao posto policial mais próximo, onde o comissário, após interrogá-los severamente, soltou-os com uma afetação irritante ao extremo:

– Sinto muito, cavalheiros, pelo que lhes aconteceu. Os senhores terão uma triste opinião da hospitalidade francesa. Meu Deus, que noite devem ter passado! Ah, esse Lupin realmente não tem o menor respeito.

Um coche levou-os até o Élysée-Palace. Na recepção, Wilson pediu a chave de seu quarto.

Após algumas buscas, o funcionário respondeu, bastante espantado:

– Mas, senhor, o senhor já desocupou este quarto.

– Eu! E como?

– Com sua carta desta manhã, que seu amigo nos entregou.

– Que amigo?

– O senhor que nos entregou sua carta... Veja, seu cartão de visita ainda está anexado nela. Aqui os tem.

Wilson pegou-os. Era de fato um de seus cartões de visita, e, na carta, era de fato sua letra.

– Santo Deus – murmurou –, outro golpe baixo. E acrescentou ansiosamente: – E as bagagens?

– Seu amigo levou.

– Ah!... E os senhores as entregaram?

– Claro, uma vez que sua carta nos autorizava.

– Com efeito... com efeito...

Os dois saíram à deriva pelos Champs-Élysées, calados e devagar. Um bonito sol de outono iluminava a avenida. O ar estava ameno e leve.

Na rotunda, Herlock acendeu seu cachimbo e seguiu adiante. Wilson exclamou:

– Não compreendo, Sholmes, esta sua calma. Zombam de você, brincam com você de gato e rato... E você não fala nada!

Sholmes parou e lhe disse:

– Wilson, estou pensando no seu cartão de visita.

– O que tem ele?

– Tem o seguinte: eis um homem que, prevendo uma luta possível contra nós, arranjou amostras de sua caligrafia e da minha, e que ainda possui, prontinho na carteira, um cartão de visita seu. Vê o que isso representa de precaução, vontade perspicaz, método e organização?

– Isso quer dizer?...

– Isso quer dizer, Wilson, que para combater um inimigo tão prodigiosamente armado, tão magnificamente preparado – e vencê-lo –, é preciso ser... é preciso ser eu. E mesmo assim, Wilson, como você pode ver – acrescentou, rindo –, não triunfamos na primeira tentativa.

Às seis horas, o *Écho de France*, na edição vespertina, publicava a seguinte a nota:

Esta manhã, o senhor Thénard, Comissário de Polícia do 16º Distrito, libertou os senhores Herlock Sholmes e Wilson, trancafiados sob os auspícios de Arsène Lupin no palacete do finado Barão d'Hautrec, onde haviam passado uma excelente noite.

Aliviados, além disso, de suas valises, eles depositaram uma queixa contra Arsène Lupin.

Arsène Lupin, que dessa vez contentou-se em infligir aos dois uma pequena lição, suplica-lhes que não o obriguem a medidas mais graves.

– Bah! – fez Herlock Sholmes, amassando o jornal. – Criancices! É a única coisa que censuro a Lupin... o excesso de criancice... A plateia é muito importante para ele... Há um moleque nesse homem!

– Ora, Herlock, onde está a calma de antes?

– Continuo calmo – replicou Sholmes, num tom em que fervilhava a cólera mais terrível. – Para que me irritar? Tenho tanta certeza de que a última palavra será minha!

4

UM POUCO DE LUZ SOBRE AS TREVAS

Por mais bem forjado que seja o caráter de um homem – e Sholmes é dessas criaturas a quem a má sorte não atinge –, há, todavia, circunstâncias em que o mais intrépido sente necessidade de recompor suas forças antes de enfrentar novamente as vicissitudes de uma batalha.

– Vou tirar folga hoje – ele disse.

– E eu?

– Você, Wilson, vai comprar roupas e cuecas para refazer nosso guarda-roupa. Enquanto isso, vou descansar.

– Descanse, Sholmes. Eu vigio.

Wilson pronunciou essas duas palavras com toda a importância de uma sentinela posicionada nas primeiras fileiras e, por conseguinte, exposta aos piores perigos. Estufou o peito. Retesou os músculos. Com um olho de águia, examinou o espaço do pequeno quarto de hotel onde haviam se instalado.

– Vigie, Wilson. Aproveitarei para elaborar um plano de campanha mais adequado ao adversário que temos pela frente. Veja, Wilson, nós nos enganamos sobre Lupin. Temos de recomeçar do princípio.

– Ou até de antes, se possível. Mas temos tempo?

– Nove dias, velho camarada! São cinco a mais.

O inglês passou a tarde inteira fumando e dormindo. Só no dia seguinte deu início aos trabalhos.

– Estou pronto, Wilson, agora vamos caminhar.

– Caminhemos – exclamou Wilson, transbordando de ardor marcial.

– Confesso que, de minha parte, sinto as pernas formigar.

Sholmes teve três longas entrevistas – com o doutor Detinan em primeiro lugar, cujo apartamento ele estudou nos menores detalhes; com Suzanne Gerbois, a quem telegrafara para vir e a quem interrogou sobre a Mulher Loura; com a irmã Auguste, por fim, reclusa no convento das Visitandinas desde o assassinato do Barão d'Hautrec.

A cada visita, Wilson esperava do lado de fora, e a cada vez perguntava:

– Satisfeito?

– Muito.

– Eu estava certo, estamos no caminho certo. Caminhemos.

Caminharam muito. Visitaram os dois prédios que ladeiam o palacete da avenida Henri-Martin, depois foram até a rua Clapeyron e, enquanto examinava a fachada do número 25, Sholmes continuou:

– É evidente que existem passagens secretas entre todos esses prédios... Mas o que não percebo...

Lá no fundo, e pela primeira vez, Wilson duvidou da onipotência de seu genial chefe. Por que falava tanto e agia tão pouco?

– Por quê?! – exclamou Sholmes, respondendo aos pensamentos íntimos de Wilson. – Porque, com esse diabo do Lupin, trabalhamos no vazio, ao acaso, e, em vez de extrair a verdade de fatos precisos, temos de arrancá-la de seu próprio cérebro, para em seguida verificar se ela se encaixa nos acontecimentos.

– Mas e as passagens secretas?

– O que é que tem? Mesmo quando eu as descobrir, tanto aquela que permitiu a Lupin entrar na casa de seu advogado quanto aquela que a Mulher Loura seguiu após o assassinato do Barão d'Hautrec, terei avançado alguma coisa? Isso me forneceria armas para atacá-lo?

– Por via das dúvidas, ataquemos – exclamou Wilson.

Não tinha terminado essas palavras quando recuou, com um grito. Alguma coisa acabava de cair aos seus pés, um saco de areia cheio até a metade, que poderia tê-los ferido gravemente.

Sholmes levantou a cabeça, operários trabalhavam num andaime preso na sacada do quinto andar.

– Muito bem! Estamos com sorte – exclamou. – Um passo a mais e receberíamos no crânio o saco de um desses desastrados. Até parece que...

Interrompeu-se, depois correu em direção ao prédio, subiu os cinco andares, tocou, irrompeu no apartamento, para grande pavor do criado, e dirigiu-se à sacada. Não havia ninguém.

– Os operários que estavam aqui?... – indagou ao criado.

– Acabam de partir.

– Por onde?

– Ora, pela escada de serviço.

Sholmes debruçou-se para fora. Viu dois homens sair do prédio, empurrando suas bicicletas. Subiram no selim e desapareceram.

– Faz muito tempo que eles trabalham nesse andaime?

– Esses aí? Chegaram hoje de manhã. São novos.

Sholmes juntou-se a Wilson.

Retornaram ao hotel melancolicamente e esse segundo dia terminou num mutismo tristonho.

No dia seguinte, o ritual se repetiu. Sentaram-se no mesmo banco da avenida Henri-Martin e, para grande desespero de Wilson, que não se divertia nem um pouco, foi uma tocaia sem fim defronte dos três prédios.

– O que espera, Sholmes? Que Lupin saia desses prédios?

– Não.

– Que a Mulher Loura apareça?

– Não.

– Então o quê?

– Espero que um pequeno fato se produza, um fatozinho qualquer, que me sirva de ponto de partida.

– E se ele não se produzir?

– Nesse caso, alguma coisa se produzirá em mim, uma centelha que ateará fogo na pólvora.

Um único incidente rompeu a monotonia daquela manhã, porém de maneira desagradável.

O cavalo de um senhor, que seguia pela aleia equestre situada entre as duas pistas da avenida, desgarrou e veio abalroar o banco onde os dois estavam sentados, de maneira que sua anca resvalou no ombro de Sholmes.

– He, he! – escarneceu, com um sorrisinho. – Mais um pouco e me fraturava o ombro!

O sujeito procurava dominar sua montaria. O inglês sacou seu revólver e mirou. Wilson agarrou-lhe o braço com energia.

– Está louco, Herlock! Ora vamos… vai matar esse *gentleman*!

– Solte-me, Wilson… solte-me.

Começou uma luta entre eles, durante a qual o senhor dominou sua montaria e esporeou.

– Agora pode atirar – exclamou Wilson, triunfante, quando o cavaleiro se distanciou um pouco.

– Ora, seu imbecil ao cubo, não percebeu que era um cúmplice de Arsène Lupin?

Sholmes tremia de raiva. Wilson, digno de pena, balbuciou:

MAURICE LEBLANC

– O que está dizendo? Esse *gentleman*?...

– Cúmplice de Lupin, assim como os operários que jogaram o saco em nossa cabeça.

– Acha isso possível?

– Possível ou não, era um meio de termos certeza.

– Matando esse *gentleman*?

– Abatendo seu cavalo, pura e simplesmente. Não fosse por você, eu teria um dos cúmplices de Lupin. Percebeu sua tolice?

A tarde foi melancólica. Não trocaram uma palavra. Às cinco horas, enquanto os dois vagavam pela rua Clapeyron, ao mesmo tempo tomando o cuidado de se manter afastados dos prédios, três jovens operários que cantavam de braços dados esbarraram neles e quiseram seguir adiante sem se soltar. Sholmes, que estava de mau humor, opôs-se a isso. Houve um breve empurra-empurra. Sholmes, fazendo pose de pugilista, desferiu um soco no peito, um soco na cara e derrubou dois dos três jovens, que, sem insistirem mais, afastaram-se, assim como seu companheiro.

– Ah! – exclamou. – Como isso me fez bem… Eu estava justamente muito tenso… excelente trabalho…

Mas, percebendo Wilson recostado no muro, disse-lhe:

– Epa! O que houve, velho camarada? Você está lívido.

O velho camarada mostrou seu braço, que pendia inerte, e balbuciou:

– Não sei o que tenho… uma dor no braço.

– Uma dor no braço? É grave?

– Sim… sim… o braço direito…

Apesar de todos os seus esforços, não conseguia mexê-lo. Sholmes apalpou-o, delicadamente primeiro, depois de maneira mais rude, "para verificar", disse, "o grau exato da dor". O grau exato da dor foi tão elevado que, preocupadíssimo, ele entrou numa farmácia da vizinhança, onde Wilson viu-se forçado a desmaiar.

O farmacêutico e seus ajudantes acorreram. Constataram que o braço estava quebrado e falou-se logo em cirurgião, operação e casa de saúde.

Nesse ínterim, despiram o paciente, que, sacudido pela dor, começou a dar gritos.

– Ótimo... ótimo... perfeito... – dizia Sholmes, que se encarregara de segurar o braço –, um pouco de paciência, meu velho camarada... dentro de cinco ou seis semanas estará curado... Mas eles me pagarão, os velhacos! Está ouvindo... ele sobretudo... pois foi novamente o desgraçado do Lupin que armou o golpe... Ah! juro que se um dia...

Calou-se bruscamente e soltou o braço, o que causou em Wilson tamanho sobressalto de dor que o pobre coitado desmaiou novamente... e, batendo na testa, articulou:

– Wilson, tenho uma ideia... será que por acaso?...

Ele não se mexia, os olhos fixos, e resmungava fragmentos de frases.

– Claro, é isso... tudo se explicaria... Procuramos longe o que está ao nosso lado... Ah, mas é claro, eu sabia que bastava refletir... Ah, meu bom Wilson, acho que vai ficar satisfeito!

E, deixando para trás o velho camarada, desabalou para a rua e correu até o número 25.

Acima e à direita da porta, gravado numa das pedras, lia-se: *Destange, arquiteto, 1875.*

No 23, os mesmos dizeres.

Até aí, nada de anormal. Mas lá, na avenida Henri-Martin, o que haveria?

Um coche passava.

– Cocheiro, avenida Henri-Martin, número 134, no galope.

De pé no coche, ele instigava o cavalo e oferecia gorjetas ao cocheiro.

– Mais rápido!... Mais rápido ainda!

Qual não foi sua angústia no cruzamento da rua de la Pompe! Teria sido um fiapo da verdade que entrevira?

Numa das pedras do palacete, estavam gravadas estas palavras: *Destange, arquiteto, 1874.*

Nos prédios vizinhos, a mesma informação: *Destange, arquiteto, 1874.*

O choque dessas emoções foi tão grande que ele se recolheu por alguns minutos no fundo do coche, tendo arrepios de alegria. Por fim, uma luzinha vacilou em meio às trevas! Na grande floresta escura, onde mil veredas se cruzavam, eis que recolhia o primeiro indício de uma pista seguida pelo inimigo!

Numa agência de correio, pediu uma ligação telefônica para o castelo de Crozon. A própria condessa atendeu.

– Alô!... É a senhora, madame?

– Senhor Sholmes, não é? Como vai?

– Muito bem, mas estou com pressa. Pode me dizer... alô... só uma palavrinha...

– Estou ouvindo.

– Em que época foi construído o castelo de Crozon?

– Ele pegou fogo há trinta anos e foi reconstruído.

– Por quem? Em que ano?

– Uma inscrição acima da escada da entrada diz: *"Lucien Destange, arquiteto, 1877"*.

– Obrigado, madame, meus cumprimentos.

Partiu, murmurando:

– Destange... Lucien Destange... Esse nome não me é estranho.

Passando por um gabinete de leitura, consultou um dicionário biográfico moderno e copiou o verbete relativo a *"Lucien Destange, nascido em 1840, Grand Prix de Roma, oficial da Legião de Honra, autor de obras muito apreciadas sobre arquitetura... etc."*

Dirigiu-se então à farmácia e, de lá, à casa de saúde para onde haviam levado Wilson. Em seu leito de tortura, o braço aprisionado numa tala, tiritando de febre, o velho camarada divagava.

– Vitória! Vitória! – exclamou Sholmes. – Agarrei uma das pontas do fio.

– De que fio?

– Aquele que me levará ao objetivo! Vou caminhar em terreno sólido, onde haverá digitais, indícios...

– Cinzas de cigarro? – perguntou Wilson, cujo interesse pela situação o reanimava.

– E muitas outras coisas! Pense um pouco, Wilson, descobri o elo misterioso que unia entre si as diferentes aventuras da Mulher Loura. Por que as três moradias onde se concluíram essas três aventuras foram escolhidas por Lupin?

– Sim, por quê?

– Porque essas três moradias, Wilson, foram construídas pelo mesmo arquiteto. Fácil de adivinhar, dirá você? Decerto... daí ninguém ter pensado nisso.

– Ninguém, exceto você.

– Exceto eu, que agora sei que o mesmo arquiteto, combinando plantas análogas, tornou possível o desfecho dos três atos, aparentemente milagrosos, na realidade simples e fáceis.

– Que felicidade!

– E já não era sem tempo, velho camarada, eu estava começando a perder a paciência... Afinal, já estamos no quarto dia.

– De dez.

– Oh! Daqui em diante...

Ele não parava no lugar, exuberante e alegre, ao contrário de seu estilo.

– Não, mas quando penso que, ainda há pouco, na rua, esses patifes poderiam ter quebrado meu braço como fizeram com o seu. O que me diz sobre isso, Wilson?

Wilson limitou-se a sentir um arrepio diante daquela horrível suposição. E Sholmes continuou:

– Que essa lição nos ensine! Veja, Wilson, nosso grande erro foi combater Lupin com o rosto descoberto e nos oferecer gentilmente aos seus golpes. Menos mal, uma vez que ele só atingiu você...

– E que me safei apenas com um braço quebrado – gemeu Wilson.

– Quando podia ter quebrado os dois. Mas chega de fanfarronadas. Em plena luz do dia e vigiado, fui vencido. Na sombra, e livre para me deslocar, a vantagem é minha, sejam quais forem as forças do inimigo.

– Ganimard poderia ajudá-lo.

– Jamais! O dia em que eu puder dizer: Arsène Lupin está aqui, eis o seu covil, e eis como podemos deitar-lhe as mãos, irei catar Ganimard num dos dois endereços que ele me deu: o seu domicílio, na rua Pergolèse, ou a taberna suíça, na praça do Châtelet. Daqui até lá, ajo sozinho.

Aproximou-se do leito, colocou a mão no ombro de Wilson – o ombro lesionado, naturalmente – e disse com grande afeição:

– Cuide-se, meu velho camarada. Doravante seu papel consiste em ocupar dois ou três homens de Arsène Lupin, que, para encontrar meu rastro, esperarão à toa que eu venha saber notícias dele. É um papel de confiança.

– Um papel de confiança e lhe agradeço por isso – replicou Wilson, cheio de gratidão. – Farei de tudo para desempenhá-lo conscienciosamente. Mas, pelo que vejo, você não volta mais?

– Para fazer o quê? – perguntou friamente Sholmes.

– Com efeito... com efeito... melhor eu não podia estar. Então, um último favor, Herlock: pode me dar alguma coisa para beber?

– Para beber?

– Sim, estou morrendo de sede, e com a minha febre...

– Oh, como não! É para já...

Remexeu em duas ou três garrafas, percebeu um pacote de fumo, acendeu seu cachimbo e, como se não tivesse sequer ouvido o pedido do amigo, foi embora, enquanto o velho camarada implorava com o olhar por um copo d'água inacessível.

– O SENHOR DESTANGE!

O criado considerou o indivíduo para o qual acabava de abrir a porta da mansão – a magnífica mansão na esquina da praça Malesherbes com a rua Montchanin – e, diante do aspecto daquele homenzinho de cabelos

ARSÈNE LUPIN CONTRA HERLOCK SHOLMES

grisalhos, barba por fazer, e cuja comprida pelerine escura, de um asseio duvidoso, conformava-se às bizarrices de um corpo que a natureza havia singularmente maltratado, respondeu com o desdém que convinha:

– O senhor Destange está ou não está. Isso depende. O cavalheiro tem um cartão?

O cavalheiro não tinha um cartão, mas tinha uma carta de apresentação, e o criado foi levar essa carta ao senhor Destange. Este deu ordens para que o recém-chegado entrasse.

Ele foi então introduzido numa imensa rotunda, que ocupava uma das alas da mansão e cujas paredes estavam cobertas de livros. O arquiteto indagou:

– É o senhor Stickmann?

– Sim, senhor.

– Meu secretário me comunicou que está doente e lhe envia para continuar a catalogação geral dos livros que ele começou sob minha direção, e, mais especialmente, dos livros alemães. Tem experiência com esse tipo de trabalho?

– Sim, senhor, uma longa experiência – respondeu o senhor Stickmann com um forte sotaque alemão.

Nessas condições, o acordo foi logo firmado e, sem demora, o senhor Destange pôs-se ao trabalho com seu novo secretário.

Herlock Sholmes estava no lugar certo.

Para escapar à vigilância de Lupin e penetrar na mansão onde Lucien Destange morava com a filha Clotilde, o ilustre detetive tivera de dar um mergulho no desconhecido, acumular estratagemas, obter, sob os nomes mais variados, as boas graças e confidências de uma série de personagens. Em suma, vivera, durante quarenta e oito horas, uma vida cheia de complicações.

Em sua pesquisa, apurara o seguinte: o senhor Destange, com a saúde abalada e desejando repousar, retirara-se dos negócios e vivia entre as coleções de livros sobre arquitetura que reunira. Nenhuma diversão lhe interessava, afora o espetáculo e a manipulação dos velhos tomos empoeirados.

Quanto à sua filha Clotilde, tinha fama de excêntrica. Sempre enfermiça, como o pai, mas morando em outra ala da mansão, nunca saía.

"Nada disso", ele ruminava, inscrevendo num registro títulos de livros que o senhor Destange lhe ditava, "nada disso é decisivo, mas que passo à frente! Será possível que eu não descubra a solução de um desses problemas apaixonantes: o senhor Destange é parceiro de Arsène Lupin? Continua a vê-lo? Existem papéis relativos à construção dos três prédios? Esses papéis não me fornecerão o endereço de outros prédios, igualmente traiçoeiros, que Lupin teria reservado para ele e seu bando?"

O senhor Destange, cúmplice de Arsène Lupin! Aquele homem venerável, oficial da Legião de Honra, trabalhando ao lado de um assaltante? A hipótese era inadmissível. Aliás, aceitando tal cumplicidade, como o senhor Destange poderia ter previsto, trinta anos antes, as evasões de Arsène Lupin, então ainda um bebê?

Não importa! O inglês se obstinava. Com seu faro prodigioso, com o instinto que lhe é peculiar, percebia um mistério rondando à sua volta. Presumia isso a partir de pequenas coisas que não saberia precisar, mas que intuía desde que entrara na mansão.

Na manhã do segundo dia, ainda não fizera nenhuma descoberta interessante. Às duas horas, viu pela primeira vez Clotilde Destange, que viera buscar um livro na biblioteca. Era uma mulher de uns trinta anos, morena, de gestos lentos e silenciosos, cujo rosto conservava a expressão indiferente daqueles que vivem fechados em si mesmos. Trocou algumas palavras com o senhor Destange e se retirou, sem ao menos voltar os olhos para Sholmes.

A tarde se arrastou, monótona. Às cinco horas, o senhor Destange comunicou que ia sair. Sholmes permaneceu sozinho na galeria circular situada à meia altura da rotunda. O dia chegava ao fim. Também se dispunha a partir quando um estalo ressoou. Instantaneamente, ele teve a sensação de que havia mais alguém no ambiente. Longos minutos se sucederam uns aos outros. E de repente ele foi percorrido por um arrepio: uma sombra emergia da semipenumbra, bem perto dele, na sacada. Como podia ser? Há quanto tempo aquele personagem invisível lhe fazia companhia? E de onde viera?

O homem desceu os degraus e se encaminhou para um grande armário de carvalho. Dissimulado atrás dos reposteiros que pendiam sobre a balaustrada da galeria, de joelhos, Sholmes observou e viu o homem, que remexia nos papéis que atulhavam o armário. O que procurava?

E eis que de repente a porta se abriu e a senhorita Destange entrou precipitadamente, dizendo a alguém que a seguia:

– Então não vai mesmo sair, pai?... Nesse caso vou acender as luzes... um segundo... não se mexa...

O homem empurrou os batentes do armário e se escondeu na reentrância de uma grande janela, cujas cortinas puxou sobre si. Como a senhorita Destange não o viu? Como não o ouviu? Muito calmamente, ela girou o botão da eletricidade e deu passagem ao pai. Sentaram-se um ao lado do outro. Ela pegou um volume que trouxera e começou a ler.

– Seu secretário então não está mais aqui? – ela disse, ao fim de um instante.

– Não... como vê...

– Continua satisfeito com ele? – ela continuou, como se ignorasse a doença do verdadeiro secretário e sua substituição por Stickmann.

– Continuo... continuo...

A cabeça do senhor Destange pendia de um lado a outro. Ele adormeceu.

Passou um tempo. A jovem lia. Nesse ínterim, uma das cortinas da janela foi afastada, e o homem se esgueirou ao longo da parede, na direção da porta, movimento que o fazia passar por trás do senhor Destange, mas em frente a Clotilde, e de tal maneira que Sholmes pôde vê-lo distintamente. Era Arsène Lupin.

O inglês teve um calafrio de alegria. Seus cálculos estavam certos, ele penetrara no próprio âmago do misterioso caso, Lupin estava no lugar previsto.

Clotilde, contudo, não se mexia, embora fosse inadmissível que um único gesto daquele homem lhe escapasse. Lupin estava quase alcançando a porta e já estendia o braço para a maçaneta quando um objeto caiu de uma mesa, resvalado por sua roupa. O senhor Destange acordou sobressaltado. Arsène Lupin já estava à sua frente, chapéu na mão e sorridente.

– Maxime Bermond – exclamou o senhor Destange com alegria. – Querido Maxime!... Que bons ventos o trazem?

– O desejo de vê-lo, bem como a senhorita Destange.

– Então voltou de viagem?

– Ontem.

– E fica para jantar?

– Não, janto com amigos em um restaurante.

– Amanhã, então? Clotilde, insista para que ele venha amanhã. Ah, esse bom Maxime... Justamente, eu pensava em você nos últimos dias.

– Verdade?

– Sim, estava arrumando meus papéis antigos, nesse armário, e encontrei nossa última conta.

– Que conta?

– A da avenida Henri-Martin.

– Como? Ainda guarda essa papelada? Para quê?...

Instalaram-se os três numa saleta que se comunicava à rotunda por um amplo arco.

"Será Lupin?", ruminou Sholmes, invadido por uma dúvida súbita.

Sim, com toda a certeza era ele, mas era outro homem também, que se parecia com Arsène Lupin em certos aspectos e que, não obstante, conservava sua individualidade singular, seus traços pessoais, seu olhar, a cor do cabelo...

De terno, gravata branca, camisa modelando o torso, ele falava alegremente, contando histórias das quais o senhor Destange ria com gosto e que desenhavam um sorriso nos lábios de Clotilde. E cada um daqueles sorrisos parecia uma recompensa que Arsène Lupin buscava e se regozijava de ter obtido. Redobrava de espirituosidade e gaiatice e, imperceptivelmente, ao som daquela voz alegre e franca, o rosto de Clotilde se animava e perdia a expressão de frieza que o tornava tão pouco simpático.

"Eles se amam", pensou Sholmes, "mas que diabos pode haver de comum entre Clotilde Destange e Maxime Bermond? Ela sabe que Maxime Bermond não é outro senão Arsène Lupin?"

Até as sete horas, escutou ansiosamente, tirando proveito das menores palavras. Em seguida, com infinitas precauções, desceu e atravessou o lado do aposento onde não corria o risco de ser visto da sala.

Do lado de fora, Sholmes certificou-se de que não havia nem automóvel nem fiacre no ponto, e afastou-se claudicando pelo bulevar Malesherbes. Porém, numa rua adjacente, colocou nas costas o paletó que carregava no braço, deformou seu chapéu, aprumou-se e, assim metamorfoseado, voltou até a praça, onde esperou, os olhos pregados na porta da mansão Destange.

Arsène Lupin saiu quase imediatamente, e, pelas ruas de Constantinople e de Londres, dirigiu-se ao centro de Paris. Cem passos atrás dele, caminhava Herlock.

Minutos deliciosos para o inglês! Aspirava sofregamente o ar, como um bom cão que fareja a pista fresca! De fato, parecia-lhe uma coisa infinitamente agradável seguir seu adversário. Não era mais ele sendo vigiado, e sim Arsène Lupin, o invisível Arsène Lupin. Segurava-o, por assim dizer, pela ponta de seu olhar, como se o prendesse com amarras impossíveis de romper. E se deleitava, observando, entre os pedestres, aquela presa que lhe pertencia.

Mas um fenômeno bizarro não demorou a impressioná-lo no intervalo que o separava de Arsène Lupin: outras pessoas avançavam na mesma direção, em especial dois rapagões de chapéu redondo, na calçada da esquerda, e outros dois, de boné e cigarro na boca, na calçada da direita.

Talvez fosse apenas uma coincidência. Mas Sholmes, contudo, espantou-se mais ainda quando, tendo Lupin entrado num quiosque de tabaco, os quatro homens pararam – e mais ainda quando tornaram a andar ao mesmo tempo que ele, porém separados agora, cada qual evoluindo do seu lado pela Chaussée d'Antin.

"Maldição", pensou Sholmes, "ele está sendo seguido!"

A ideia de que outros estavam no rastro de Arsène Lupin, de que outros lhe arrebatavam não a glória – preocupava-se pouco com isso –, mas o prazer imenso, a ardente volúpia de, sozinho, derrotar o mais temível inimigo que jamais havia encontrado, essa ideia o exasperava. No entanto, era impossível que se enganasse, os homens tinham o ar displicente, o ar excessivamente natural daqueles que, embora regulando seu passo ao de outra pessoa, não querem ser notados.

"Ganimard saberia mais do que diz saber?", murmurou Sholmes. "Estará me fazendo de bobo?"

Teve vontade de abordar um dos quatro indivíduos, a fim de tirar aquilo a limpo. Porém, nas proximidades do bulevar, com a multidão engrossando, temeu perder Lupin e apertou o passo. Flagrou-o subindo a escada do restaurante húngaro, na esquina da rua Helder. A porta estava aberta, de maneira que Sholmes, sentado num banco do bulevar, do outro lado da rua, viu-o ocupar um lugar numa mesa luxuosamente posta, enfeitada com flores, e onde já se encontravam três senhores de terno e duas damas extremamente elegantes, que o acolheram com demonstrações de simpatia.

Herlock procurou com o olhar os quatro perseguidores e os avistou, misturados aos grupos que escutavam a orquestra de ciganos de um café próximo. Coisa curiosa, não pareciam ocupar-se com Arsène Lupin, e sim, muito mais, com as pessoas que os cercavam.

Um deles, de repente, pegou um cigarro no bolso e abordou um senhor de redingote e cartola. O senhor ofereceu a brasa de seu charuto, e

Sholmes teve a impressão de que conversavam, aliás mais tempo do que teria exigido o ato de acender um cigarro. Por fim, o senhor subiu os degraus da escada e deu uma espiada na sala do restaurante. Percebendo Lupin, avançou, confabulou alguns instantes com ele, depois escolheu uma mesa próxima, e então Sholmes constatou que esse senhor não era outro senão o homem a cavalo da avenida Henri-Martin.

Então compreendeu. Não só Arsène Lupin não estava sendo seguido, como aqueles homens faziam parte do seu bando! Aqueles homens zelavam por sua segurança! Eram seus guarda-costas, seus satélites, sua escolta atenta. Em toda parte onde o patrão corresse perigo, os cúmplices lá estavam, prontos a alertá-lo, prontos a defendê-lo. Cúmplices, os quatro indivíduos! Cúmplice o senhor de redingote.

Um calafrio percorreu o inglês. Seria possível que jamais conseguisse capturar aquela criatura inviolável? Que potência ilimitada representava tal associação, dirigida por tal chefe!

Arrancou uma folha da caderneta, escreveu a lápis algumas linhas, que enfiou num envelope, e disse ao adolescente de uns quinze anos que estava deitado no banco:

– Ei, garoto, pegue um coche e leve essa carta à taberna suíça, na praça do Châtelet. E depressa...

Deu-lhe uma moeda de cinco francos. O garoto desapareceu.

Meia hora se passou. Mais gente chegara, e só de tempos em tempos Sholmes avistava os comparsas de Lupin. Mas alguém roçou nele e lhe disse ao ouvido:

– Muito bem! O que há, senhor Sholmes?

– É o senhor, Ganimard?

– Sim, recebi seu bilhete na taberna. O que há?

– Ele está aqui.

– O que está dizendo?

– Ali... no fundo do restaurante... Chegue mais para a direita... Está vendo?

– Não.

– Servindo champanhe à moça ao seu lado...

– Mas não é ele.

– É ele.

– Pois eu lhe respondo... Ora! Pensando bem... Com efeito, poderia ser... Ah, o patife! Como é parecido! – murmurou Ganimard ingenuamente.

– E os outros, cúmplices?

– Não, quem está ao seu lado é lady Cliveden, a outra é a duquesa de Cleath e, em frente, o embaixador da Espanha em Londres.

Ganimard deu um passo. Herlock o reteve.

– Que imprudência! O senhor está sozinho.

– Ele também.

– Não, ele tem homens montando guarda no bulevar... sem falar no interior desse restaurante, aquele senhor...

– Mas, quando eu tiver posto as mãos no colarinho de Arsène Lupin, terei toda a sala a meu favor, todos os garçons.

– Eu preferiria alguns agentes.

– Aí sim é que os amigos de Arsène Lupin abririam o olho... Não, veja, senhor Sholmes, não temos escolha.

Ele tinha razão, Sholmes admitiu. Era preferível arriscar-se e aproveitar-se de circunstâncias excepcionais. Apenas recomendou a Ganimard:

– Faça com que demorem o máximo possível a reconhecê-lo.

E ele mesmo se esgueirou para trás de um quiosque de jornais, sem perder de vista Arsène Lupin, que, lá dentro, inclinado sobre sua vizinha, sorria.

O inspetor atravessou a rua, mãos nos bolsos, como alguém que caminha reto à sua frente. Mas, assim que atravessou a rua, bifurcou subitamente e num pulo subiu a escada da entrada.

Um apito estridente... Ganimard esbarrou no *maître*, plantado subitamente na porta, barrando a passagem, e que o empurrou com indignação, como teria feito com um intruso cujo traje equívoco desonrasse o luxo do restaurante. Ganimard vacilou. No mesmo instante, o senhor de redingote saiu. Tomou o partido do inspetor, e ambos, o *maître* e ele, discutiram violentamente, ambos agarrados a Ganimard, um segurando-o, o outro empurrando-o, e de tal maneira que, apesar de todos os seus esforços, apesar de todos os seus protestos furiosos, o infeliz foi escorraçado até o pé da escada.

Uma aglomeração logo se formou. Dois policiais, atraídos pelo barulho, tentaram atravessar a massa, mas uma resistência incompreensível imobilizou-os, sem que se conseguissem desvencilhar dos ombros que os espremiam, das costas que os impediam de avançar...

De repente, num passe de mágica, dão-lhes passagem!... O *maître*, compreendendo seu erro, confunde-se em desculpas, o senhor de redingote interrompe sua defesa do inspetor, a multidão se afasta, os policiais passam, Ganimard investe na direção da mesa onde estão os seis comensais... Mas agora só há cinco... Ele olha à sua volta... nenhuma outra saída além da porta.

– A pessoa que estava aqui neste lugar? – gritou o inspetor para os cinco comensais estupefatos. – Sim, os senhores eram seis... Onde está a sexta pessoa?

– O senhor Destro?

– Claro que não, Arsène Lupin!

Um garçom se aproxima:

– Esse senhor acaba de subir para o mezanino.

Ganimard se precipita. O mezanino é composto de salas particulares e tem uma saída especial para o bulevar!

– Vá então procurá-lo agora – gemeu Ganimard. – Ele está ganhando distância!

Não tanta distância; estava a duzentos metros no máximo, no ônibus Madeleine-Bastillle, que avançava tranquilamente no ritmo lento de seus três cavalos, atravessando a praça da Ópera e seguindo pelo bulevar des

Capucines. No primeiro andar do ônibus, dois brutamontes de chapéu-coco estavam alertas. Na parte de cima, no alto da escada, cochilava um velhote: Herlock Sholmes.

Cabeceando, embalado pelo movimento do veículo, o inglês monologava: "Se o meu bom Wilson me visse, como estaria orgulhoso de seu chefe!... Bah!... Era fácil prever pelo apito que a partida estava perdida e que não havia nada melhor a fazer senão vigiar os arredores do restaurante. Mas, pensando bem, a vida fica bem interessante com esse homem demoníaco por perto!"

No ponto final, Herlock, tendo-se debruçado, viu Arsène Lupin passar em frente aos seus guarda-costas e o ouviu murmurar: "Na Étoile."

"Na Étoile, perfeito, encontro marcado. Lá estarei. Deixemos que ele fuja nesse fiacre motorizado, e sigamos de coche os dois comparsas."

Os dois comparsas seguiram a pé, dirigindo-se efetivamente para a Étoile, e tocaram à porta de uma casa estreita, situada no número 40 da rue Chalgrin. Na esquina dessa rua pouco frequentada, Sholmes pôde esconder-se na sombra de uma reentrância.

Uma das duas janelas do térreo se abriu, um homem de chapéu redondo fechou os postigos. Acima dos postigos, a bandeira da janela se iluminou.

Ao cabo de dez minutos, um senhor veio tocar a essa mesma porta; depois, imediatamente depois, outro indivíduo. E, por fim, um fiacre motorizado parou, do qual Sholmes viu descer duas pessoas: Arsène Lupin e uma mulher envolta num casaco e numa grossa mantilha.

"A Mulher Loura, sem dúvida alguma", ruminou Sholmes, enquanto o fiacre motorizado se afastava.

Ele deixou passar um instante, aproximou-se da casa, trepou no parapeito da janela e, subindo na ponta dos pés, conseguiu, pela bandeira de vidro, dar uma espiada no aposento.

Arsène Lupin, recostado na lareira, falava com animação. Em pé à sua volta, os outros o escutavam atentamente. Dentre eles, Sholmes

ARSÈNE LUPIN CONTRA HERLOCK SHOLMES

reconheceu o senhor de redingote e julgou reconhecer o *maître* do restaurante. Quanto à Mulher Loura, estava de costas, sentada numa poltrona. "Estão conferenciando...", pensou. "Os acontecimentos desta noite os inquietaram e sentem a necessidade de deliberar. Ah! capturar a todos de uma vez!..."

Como um dos cúmplices se mexeu, ele pulou para o chão e se refugiou na penumbra. O senhor de redingote e o *maître* saíram da casa. Imediatamente o primeiro andar se iluminou, alguém puxou os postigos das janelas e a escuridão instalou-se nos dois andares.

"Ela e ele permaneceram no térreo", raciocinou Herlock. "Os dois cúmplices moram no primeiro andar."

Esperou parte da noite sem se mexer, temendo que Arsène Lupin fosse embora durante sua ausência. Às quatro horas, percebendo dois guardas na ponta da rua, juntou-se a eles, explicou a situação e delegou-lhes a vigilância da casa.

Dirigiu-se então à residência de Ganimard, na rua Pergolèse, e tirou-o da cama.

– Ainda o tenho.

– Arsène Lupin?

– Sim.

– Se o tem como ainda há pouco, melhor voltar a dormir. Por via das dúvidas, passemos no comissariado.

Foram até a rua Mesnil e de lá ao domicílio do comissário, o senhor Decointre. Em seguida, acompanhados de meia dúzia de homens, voltaram à rua Chalgrin.

– Alguma novidade? – perguntou Sholmes aos dois guardas de plantão.

– Nada.

O dia começava a clarear o céu quando, tomadas as devidas precauções, o comissário tocou a campainha e se dirigiu à cabine da zeladora. Assustada com a invasão, a mulher, toda trêmula, respondeu que não havia locatários no térreo.

– Como, nenhum locatário? – exclamou Ganimard.

– Claro que não, são os do primeiro andar, os senhores Leroux... Eles mobiliaram o térreo para parentes da província...

– Um cavalheiro e uma dama?

– Sim.

– Que vieram ontem com eles?

– Pode ser... eu estava dormindo... No entanto, não creio, eis a chave, eles não pediram...

Com essa chave, o comissário abriu a porta que se encontrava do outro lado do vestíbulo. O térreo só continha dois cômodos; estavam vazios.

– Impossível! – proferiu Sholmes. – Eu os vi, ela e ele.

O comissário riu:

– Não duvido, mas não estão mais aqui.

– Subamos ao primeiro andar. Devem estar lá.

– No primeiro andar moram os senhores Leroux.

– Interrogaremos os senhores Leroux.

Todos subiram a escada, o comissário tocou. No segundo toque, um indivíduo, que não era outro senão um dos guarda-costas, apareceu, em mangas de camisa e com ar furioso.

– Que história é essa! Sem escândalo... Isso é jeito de acordar as pessoas...

Mas calou-se, confuso:

– Deus me perdoe... será que estou sonhando? É o senhor Decointre!... E o senhor também, senhor Ganimard? O que houve para estarem aqui?

Uma gargalhada formidável irrompeu. Ganimard prendia o riso, numa crise de hilaridade que o fazia contorcer-se e lhe congestionava o rosto.

– É você, Leroux... – gaguejava. – Que piada... Leroux, cúmplice de Arsène Lupin... Ah, é de morrer de rir... E seu irmão, Leroux, está por perto?

– Edmond, onde está você? É o senhor Ganimard que veio nos fazer uma visita...

Apareceu outro sujeito, fazendo redobrar a alacridade de Ganimard.

– Não acredito! Quem poderia imaginar! Ah, meus amigos, vocês estão em maus lençóis... Quem diria! Por sorte, o velho Ganimard está de olho e, mais que isso, tem amigos para ajudá-lo... amigos que vêm de longe!

E, voltando-se para Sholmes, apresentou:

– Victor Leroux, inspetor da Sûreté, um dos bons entre os melhores da brigada de ferro... Edmond Leroux, diretor do serviço antropométrico...

5

UM SEQUESTRO

Herlock Sholmes não piscou. Protestar? Acusar aqueles dois homens? Era inútil. A menos que tivesse provas, o que não tinha, e não queria perder seu tempo procurando-as, ninguém acreditaria nele.

Todo crispado, punhos cerrados, só pensava em não trair, diante de um Ganimard triunfante, sua raiva e decepção. Cumprimentou respeitosamente os irmãos Leroux, cidadãos modelo, e retirou-se.

No vestíbulo, deu uma guinada na direção de uma porta baixa que indicava a entrada da adega e recolheu uma pedrinha vermelha: era uma granada.

Do lado de fora, voltando-se, leu, perto do número 40 do prédio, estes dizeres: *Lucien Destange, arquiteto, 1877.*

Mesma inscrição no número 42.

"Outra saída dupla", pensou. "O 40 e o 42 comunicam-se. Como não pensei nisso? Eu deveria ter ficado com os dois guardas esta noite."

Disse a esses homens:

– Duas pessoas saíram por esta porta durante minha ausência, não é?

E apontava a porta do prédio ao lado.

– Sim, um cavalheiro e uma dama.

Ele agarrou o braço do inspetor-chefe e arrastou-o:

– Senhor Ganimard, o senhor riu o bastante para eu me arrepender pelo pequeno incômodo que lhe causei...

– Oh, fique certo de que não o culpo de nada.

– Jura? Mas as melhores piadas não duram para sempre, e sou da opinião de que devemos dar-lhes um fim.

– Concordo.

– Estamos no sétimo dia. Dentro de três dias, será indispensável eu estar em Londres.

– Ora, ora!

– Estarei lá, senhor, e peço que esteja preparado na noite de terça para quarta-feira.

– Para uma incursão do mesmo gênero? – perguntou Ganimard, troçando.

– Sim, senhor, do mesmo gênero.

– E que se concluirá?...

– Com a captura de Lupin.

– Acredita nisso?

– Juro pela minha honra, senhor.

Sholmes despediu-se e foi descansar um pouco no hotel mais próximo; depois disso, revigorado, autoconfiante, voltou à rua Chalgrin, deslizou dois luíses na mão da zeladora, certificou-se de que os irmãos Leroux haviam partido, soube que a casa pertencia a um tal senhor Harmingeat e, munido de uma vela, desceu à adega pela portinhola junto à qual recolhera a granada.

No pé da escada, recolheu outra de forma idêntica.

"Eu não estava enganado", pensou, "é por aqui que se comunicam... Vejamos, minha gazua abre o compartimento reservado ao locatário do térreo? Sim... perfeito... examinemos essas estantes de vinhos. Ahá! Eis alguns pontos em que o pó se espalhou... e, no chão, pegadas...

Um leve ruído o fez esticar os ouvidos. Rapidamente empurrou a porta, apagou a vela e escondeu-se atrás de uma pilha de caixotes vazios. Ao cabo de alguns segundos, observou que uma das estantes de ferro girava lentamente, arrastando com ela toda a aba da parede na qual estava grudada. A luz de uma lanterna se projetou. Um braço apareceu. Um homem entrou.

Estava curvado para a frente, como quem procura alguma coisa no chão. Com a ponta dos dedos, remexia no pó, soerguendo-se várias vezes e atirando alguma coisa numa caixa de papelão que segurava com a mão esquerda. Em seguida, apagou o vestígio de seus passos, assim como as pegadas deixadas por Lupin e a Mulher Loura, e se aproximou da estante.

Deu um grito rouco e desmoronou. Sholmes pulara em cima dele. Foi coisa de um minuto, e da maneira mais simples do mundo. O homem, quando viu, já se encontrava estendido no solo, tornozelos atados e punhos amarrados.

O inglês se debruçou.

– Quanto quer para falar? Para dizer o que sabe?

O homem respondeu com um sorriso tão irônico que Sholmes compreendeu a inutilidade da pergunta.

Limitou-se a explorar os bolsos de seu prisioneiro, mas tal revista só lhe proporcionou um molho de chaves, um lenço e a caixinha de papelão que o indivíduo carregava, contendo uma dúzia de granadas iguais às que Sholmes recolhera. Magro butim!

Além disso, o que ia fazer daquele homem? Esperar que seus amigos viessem em seu socorro e entregá-los todos à polícia? Para quê? Que vantagem extrairia disso contra Lupin?

Hesitava, quando o exame da caixa o decidiu. Estampava o seguinte endereço: *Léonard, joalheiro, rua de la Paix.*

Resolveu pura e simplesmente abandonar o homem. Empurrou de volta a estante de vinhos e saiu da casa. De uma agência de correio, avisou o senhor Destange, por telegrama, que não poderia ir no dia seguinte. Em seguida, foi até o joalheiro, ao qual entregou as granadas.

– A senhora me enviou por causa dessas pedras. Elas se soltaram de uma joia que ela comprou aqui.

Sholmes acertara. O comerciante respondeu:

– De fato... essa senhora me telefonou. Logo estará aqui, e virá pessoalmente.

Somente às cinco horas, na calçada, Sholmes percebeu uma mulher envolta num espesso véu, cujo aspecto lhe pareceu suspeito. Pelo vidro, observou-a colocar no balcão uma joia antiga, ornamentada com granadas.

Ela foi embora quase imediatamente, fez compras a pé, subiu para o lado de Clichy e circulou por ruas que o inglês não conhecia. Ao cair da noite ele entrou em seu encalço, sem que a zeladora o visse, num prédio de cinco andares, com dois blocos de apartamentos e, por conseguinte, com muitos moradores. No segundo andar, ela parou e entrou. Dois minutos mais tarde, o inglês tentava a sorte e, uma depois da outra, testava com precaução as chaves do molho de que se apoderara. A quarta rodou na fechadura.

Mesmo na penumbra que os envolvia, percebeu cômodos completamente vazios, como os de um apartamento desabitado, daí todas as portas estarem abertas. Contudo, no fim de um corredor, a luz de uma luminária se espalhou. Tendo se aproximado na ponta dos pés, ele viu, pelo espelho descascado que separava a sala de um quarto contíguo, a mulher de véu tirar sua roupa e seu chapéu, colocando-os sobre o único assento daquele quarto e vestindo um penhoar de veludo.

Viu-a também avançar em direção à lareira e apertar o botão de uma campainha elétrica. A metade do painel que se estendia à direita da lareira se moveu, deslizou no próprio plano da parede e insinuou-se para dentro da outra metade do painel.

Assim que o vão ficou suficientemente espaçoso, a mulher passou... e desapareceu, carregando a luminária.

O sistema era simples. Sholmes utilizou-o.

Caminhou no escuro, às apalpadelas, mas imediatamente seu rosto esbarrou em coisas moles. Com a chama de um fósforo, constatou que se encontrava num pequeno compartimento atulhado de vestidos e roupas em cabides. Abriu passagem e parou em frente à moldura de uma porta fechada por um reposteiro, ou pelo avesso de um reposteiro. Consumido seu fósforo, avistou uma luz que atravessava a trama esgarçada e surrada do pano velho.

Então observou.

Ali estava a Mulher Loura, sob seus olhos, ao alcance de sua mão.

Ela apagou a lamparina e acendeu a eletricidade. Pela primeira vez, Sholmes pôde ver seu rosto em plena luz. Estremeceu. A mulher que ele terminara surpreendendo após tantos desvios e manobras não era outra senão Clotilde Destange.

Clotilde Destange, a assassina do Barão d'Hautrec e a ladra do diamante azul! Clotilde Destange, a misteriosa amiga de Arsène Lupin! A Mulher Loura, enfim.

"É óbvio", pensou, "não passo de um asno! Porque a amiga de Lupin é loura e Clotilde, morena, não pensei em aproximar as duas mulheres uma da outra! Como se a Mulher Loura pudesse permanecer loura após o assassinato do barão e o roubo do diamante!"

Sholmes via uma parte do aposento, elegante alcova feminina, decorado com reposteiros claros e bibelôs valiosos. Um divã de mogno se estendia um degrau baixo. Clotilde estava sentada ali, imóvel, com a cabeça entre as mãos. Ao cabo de um instante, ele percebeu que a mulher chorava. Grossas lágrimas corriam por suas faces pálidas, deslizavam na direção da boca, caíam gota a gota sobre o veludo de seu penhoar. E outras lágrimas sucediam-se indefinidamente, como se brotadas de uma fonte inesgotável. Era o espetáculo mais triste aquele desespero melancólico e resignado que se exprimia pelo vagaroso escoar das lágrimas.

Mas uma porta se abriu atrás dela. Arsène Lupin entrou.

Mediram-se durante um longo tempo, sem uma palavra, depois ele se ajoelhou diante dela, recostou a cabeça em seu peito e envolveu-a em seus braços. Havia no gesto com que enlaçava a moça uma ternura profunda, cheia de piedade. Um doce silêncio os unia, e as lágrimas corriam menos abundantes.

– Eu queria tanto fazê-la feliz! – ele murmurou.

– Sou feliz.

– Não, uma vez que está chorando... Suas lágrimas me deixam destroçado, Clotilde.

Apesar de tudo, ela se deixava seduzir por aquela voz acariciante e escutava, ávida de esperança e felicidade. Um sorriso relaxou sua fisionomia, mas um sorriso ainda tão triste! Ele suplicou:

– Não fique triste, Clotilde, você não pode ficar assim. Não tem esse direito.

Ela lhe mostrou as mãos brancas, delicadas e macias e disse gravemente:

– Enquanto essas mãos forem minhas, serei triste, Maxime.

– Mas por quê?

– Elas mataram.

Maxime exclamou:

– Cale-se! Não pense nisso... O passado está morto, o passado não conta.

E beijava suas esguias mãos pálidas, enquanto ela o fitava com um sorriso mais claro, como se cada beijo apagasse um pouco a horrível lembrança.

– Você precisa me amar, Maxime, porque nenhuma mulher o amará como eu. Para agradá-lo, agi, ajo ainda, não segundo suas ordens, mas segundo seus desejos secretos. Executo atos contra os quais todos os meus instintos e minha consciência se revoltam, mas não posso resistir... Tudo que faço, faço mecanicamente, porque lhe é útil e porque você quer... e estou pronta a recomeçar amanhã... e sempre.

Ele disse com amargura:

– Ah! Clotilde, por que a envolvi em minha vida de aventuras? Eu deveria ter permanecido o Maxime Bermond que você amou durante cinco anos, e não a ter apresentado... ao outro homem que sou.

Ela disse baixinho:

– Também amo esse outro homem, e não me arrependo de nada.

– Sim, você tem saudade de sua vida pregressa, a vida à luz do dia.

– Não tenho saudade de nada quando você está aqui! – ela disse, apaixonadamente. – Não há mais pecado, não há mais crime quando meus olhos o veem. O que me importa ser infeliz longe de você e sofrer, e chorar, e ter horror a tudo que faço... seu amor apaga tudo... aceito tudo... mas você tem a obrigação de me amar!...

– Não a amo por obrigação, Clotilde, mas simplesmente porque a amo.

– Tem certeza disso? – disse ela com toda a confiança.

– Tenho certeza tanto por mim como por você. Minha vida, contudo, é violenta e frenética, e nem sempre posso lhe dedicar o tempo que gostaria.

Ela se inquietou imediatamente.

– O que há? Um novo perigo? Vamos, fale.

– Oh, nada de grave ainda. No entanto...

– No entanto?

– Pois bem, ele está na nossa cola.

– Sholmes?

– Sim. Foi ele que lançou Ganimard no episódio do restaurante húngaro. Foi ele que colocou, esta noite, os dois agentes na rua Chalgrin. Tenho a prova disso. Ganimard vasculhou a casa esta manhã e Sholmes o acompanhava. Além disso...

– Além disso?

– Muito bem, tem outra coisa: sentimos a falta de um de nossos homens, Jeanniot.

– O porteiro?

– Sim.

– Mas fui eu que o enviei hoje de manhã à rua Chalgrin, para recolher as granadas que haviam caído do meu broche.

ARSÈNE LUPIN CONTRA HERLOCK SHOLMES

– Não há dúvida, Sholmes pegou-o na armadilha.

– Não pode ser. As granadas foram levadas ao joalheiro da rua de la Paix.

– Então, aonde ele foi parar depois?

– Oh, Maxime, estou com medo.

– Não há motivos para se assustar. Mas admito que a situação é muito grave. O que ele sabe? Onde se esconde? A força dele reside no isolamento. Torna-se imune a traições.

– O que você pretende fazer?

– Tomar todos os cuidados, Clotilde. Faz tempo que resolvi mudar meu esconderijo e transferi-lo para lá, para o reduto inviolável que você conhece. A intervenção de Sholmes acelera as coisas. Quando um homem como ele segue uma pista, devemos considerar que fatalmente chegará ao fim dela. Portanto, preparei tudo. Depois de amanhã, quarta-feira, a mudança será realizada. Ao meio-dia, estará concluída. Às duas horas, eu mesmo poderei abandonar o local, após retirar os últimos vestígios do nosso refúgio, o que não é pouco. Daqui até lá…

– Daqui até lá?

– Não devemos nos ver e ninguém deve nos ver, Clotilde. Não saia. Não receie nada por mim. Receio tudo quando se trata de você.

– É impossível esse inglês chegar até mim.

– Com ele tudo é possível, e estou desconfiado. Ontem, quando quase fui surpreendido por seu pai, eu vasculhava o armário que contém os antigos registros do senhor Destange. Há um perigo ali. Como em todo lugar. Vislumbro o inimigo rondando na sombra e se aproximando cada vez mais. Sinto que ele nos vigia… que estende suas malhas ao nosso redor. Esta é uma intuição que nunca me engana.

– Nesse caso – ela disse –, vá, Maxime, e não pense mais nas minhas lágrimas. Serei forte e esperarei até que o perigo esteja afastado. Adeus, Maxime.

Beijou-o longamente. E foi ela mesma que o empurrou para fora.

Sholmes ouviu o som de suas vozes se afastar.

Ousadamente, superexcitado pela mesma necessidade de agir, contra tudo e contra todos, que o estimulava desde a véspera, o detetive entrou numa antecâmara que terminava em uma escada. Contudo, quando se preparava para descer, o barulho de uma conversa subiu do andar inferior, e ele julgou preferível seguir por um corredor circular que o levou a outra escada. Ao descê-la, ficou bastante surpreso ao ver móveis cuja forma e arrumação já conhecia. Uma porta estava entreaberta. Entrou num grande aposento circular. Era a biblioteca do senhor Destange.

– Perfeito! Admirável! – murmurou. – Compreendo tudo. A alcova de Clotilde, isto é, da Mulher Loura, comunica-se com um dos apartamentos do prédio vizinho, e esse prédio vizinho tem sua saída não para a praça Malesherbes, mas para uma rua adjacente, a rua Montchanin, ao que me lembre... Magnífico! E agora sei como Clotilde Destange vai encontrar seu bem-amado, mantendo ao mesmo tempo a fama de uma pessoa resguardada. E sei também como Arsène Lupin surgiu ao meu lado, ontem, ali naquela galeria: deve haver outra comunicação entre o apartamento vizinho e essa biblioteca...

E concluía:

– Mais uma casa traiçoeira. Mais uma vez, sem dúvida, Destange arquiteto! Trata-se agora de aproveitar minha presença aqui para verificar o conteúdo do armário... e para me informar sobre as outras casas enganadoras.

Sholmes subiu até a galeria e se dissimulou atrás dos reposteiros. Ficou até o fim da noite. Um criado veio apagar as lâmpadas elétricas. Uma hora mais tarde, o inglês ligou sua lanterna e se dirigiu ao armário.

Como ele já sabia, lá estavam guardados os antigos papéis do arquiteto, pastas, projetos, livros de contabilidade. Mais ao fundo, via-se uma série de registros, classificados por ordem de antiguidade.

Pegou alternadamente os dos últimos anos e foi direto à página do sumário, mais especificamente à letra H. Por fim, tendo descoberto a palavra Harmingeat, acompanhada do número 63, reportou-se à página 63 e leu: *Harmingeat, rua Chalgrin, 40.*

Seguiam-se detalhes de obras executadas para esse cliente, com vistas à instalação de uma calefação em seu prédio. E, à margem, esta anotação: *Ver o dossiê M.B.*

"Agora já sei", ruminou, "preciso do dossiê M.B. Nele, saberei o domicílio atual do senhor Lupin."

Foi só de manhã que, na segunda metade de um livro de registro, descobriu esse famoso dossiê.

Tinha quinze páginas. Uma reproduzia aquela dedicada ao senhor Harmingeat da rua Chalgrin. Outra detalhava as obras executadas pelo senhor Vatinel, proprietário, rua Clapeyron, 25. Outra estava reservada ao Barão d'Hautrec, avenida Henri-Martin, 134, outra ao castelo de Crozon, e as outras onze a diferentes proprietários em Paris.

Sholmes copiou a lista de onze nomes e onze endereços, recolocou as coisas no lugar, abriu uma janela e saltou para uma praça deserta, tendo o cuidado de empurrar os postigos.

Em seu quarto de hotel, acendeu o cachimbo com a gravidade que atribuía a esse gesto, cercando-se por nuvens de fumaça, e estudou as conclusões que era possível tirar do dossiê M.B., ou, sendo mais claro, do dossiê Maxime Bermond, vulgo Arsène Lupin.

Às oito horas, enviava este telegrama a Ganimard: "Sem dúvida passarei esta manhã na rua Pergolèse e lhe entregarei uma pessoa cuja captura é da mais alta importância. Em todo caso, esteja em casa esta noite e amanhã, quarta-feira, até o meio-dia, e tenha uns trinta homens à disposição".

Em seguida, escolheu no bulevar um fiacre motorizado, cujo chofer lhe agradou por sua fisionomia alegre e pouco inteligente, e dirigiu-se à praça Malesherbes, cinquenta passos à frente do prédio de Destange.

– Feche o carro, meu rapaz – ele instruiu ao motorista –, levante a gola de seu agasalho, pois o vento está frio, e espere pacientemente. Dentro de uma hora e meia, ligue o motor. Assim que eu voltar, iremos à rua Pergolèse.

No momento de entrar no prédio, teve uma última hesitação. Não era um erro ocupar-se assim da Mulher Loura, enquanto Lupin terminava seus preparativos de partida? E não teria sido melhor, com a ajuda da lista dos prédios, procurar primeiro o domicílio de seu adversário?

"Bah...", ruminou. "Quando a Mulher Loura for minha prisioneira, serei senhor da situação."

E tocou a campainha.

O senhor Destange já estava na biblioteca. Trabalharam por um momento, e Sholmes procurava um pretexto para subir até o quarto de Clotilde quando a moça entrou, disse bom-dia ao pai, sentou-se na saleta e começou a escrever.

De onde estava, Sholmes a via, debruçada sobre a mesa, meditando de tempos em tempos, a pena no ar e o rosto pensativo. Esperou um pouco; depois, pegando um volume, interpelou o senhor Destange:

– Aqui está o livro que a senhorita Destange me pediu para ver assim que eu topasse com ele.

Foi até a saleta e postou-se diante de Clotilde de maneira que seu pai não o pudesse ver e anunciou:

– Sou o senhor Stickmann, novo secretário do senhor Destange.

– Ah! – ela disse, sem se incomodar. – Meu pai mudou de secretário?

– Sim, senhorita, e eu desejava falar-lhe.

– Queira sentar-se, cavalheiro, terminei o que estava fazendo. Acrescentou algumas palavras à carta, assinou-a, lacrou o envelope, empurrou seus papéis, apertou a campainha de um telefone, obteve uma ligação com sua costureira, pediu a esta que apressasse a conclusão de um casaco de viagem do qual tinha necessidade urgente e, por fim, voltando-se para Sholmes:

– Sou toda sua, cavalheiro. Mas nossa conversa não pode se dar na presença do meu pai?

– Não, senhorita, e suplico inclusive que não fale alto. É preferível que o senhor Destange não nos ouça.

ARSÈNE LUPIN CONTRA HERLOCK SHOLMES

– Para quem é preferível?

– Para a senhorita.

– Não admito conversa que meu pai não possa ouvir.

– Mas terá de admitir esta.

Levantaram-se ambos, cruzando os olhares. Ela disse:

– Fale, senhor.

Sempre de pé, ele começou:

– Vai me perdoar se me engano sobre alguns pontos secundários. O que garanto é a exatidão geral dos incidentes que exponho.

– Menos rodeios, por favor. E mais fatos.

Nessa interrupção, lançada bruscamente, ele percebeu que a jovem estava ressabiada, e prosseguiu.

– Assim seja, irei direto ao ponto. Há cinco anos, o senhor seu pai teve a oportunidade de conhecer um certo senhor Maxime Bermond, o qual se apresentou a ele como empreiteiro... ou arquiteto, não saberei precisar. O fato é que o senhor Destange tomou-se de afeição por esse rapaz e, como sua saúde não lhe permitia mais cuidar dos negócios, confiou ao senhor Bermond a execução de algumas encomendas que ele aceitara por parte de antigos clientes e que pareciam em consonância com as aptidões de seu colaborador.

Herlock calou-se. Pareceu-lhe que a palidez da jovem se acentuara. Foi, contudo, com a maior calma que ela replicou:

– Não conheço os fatos que o senhor me relata, cavalheiro, e sobretudo não vejo em que podem me interessar.

– O que lhe diz respeito vem agora, senhorita, é que o nome verdadeiro do senhor Maxime Bermond, e a senhorita sabe tão bem quanto eu, é Arsène Lupin.

Ela desatou a rir.

– Não é possível! Arsène Lupin? O senhor Maxime Bermond se chama Arsène Lupin?

– Como tenho a honra de lhe dizer, senhorita, e como a senhorita se recusa a me compreender com meias palavras, acrescento que Arsène

MAURICE LEBLANC

Lupin encontrou aqui, para a realização de seus projetos, uma amiga, mais que uma amiga, uma cúmplice cega e... apaixonadamente devotada.

Ela se levantou e, sem emoção, ou pelo menos com tão pouca que Sholmes ficou impressionado com tamanho autocontrole, declarou:

– Ignoro a finalidade de sua conduta, cavalheiro, e faço questão de ignorá-la. Peço então que não acrescente uma palavra e deixe esta casa.

– Nunca tive a intenção de lhe impor minha presença indefinidamente – respondeu Sholmes, tão sereno quanto ela. – Estou decidido, contudo, a não sair sozinho.

– E quem o acompanhará, cavalheiro?

– A senhorita!

– Eu?

– Sim, senhorita, sairemos juntos desta casa, e me seguirá sem contestação, sem um ai.

O que havia de estranho na cena era a calma absoluta dos dois adversários. Mais do que um duelo implacável entre duas vontades poderosas, diríamos, por suas atitudes, pelo tom de suas vozes, assistir à discussão educada de duas pessoas que não partilham a mesma opinião.

Na rotunda, através do grande arco, via-se o senhor Destange manipular seus livros com gestos ponderados.

Clotilde sentou-se de novo, encolhendo ligeiramente os ombros. Herlock puxou seu relógio.

– São dez e meia. Partimos dentro de cinco minutos.

– Caso contrário?

– Caso contrário, vou encontrar o senhor Destange e lhe contar...

– O quê?

– A verdade. A vida mentirosa de Maxime Bermond e a vida dupla de sua cúmplice.

– De sua cúmplice?

– Sim, daquela que chamam de Mulher Loura, que foi loura.

– E que provas lhe dará?

ARSÈNE LUPIN CONTRA HERLOCK SHOLMES

– Levo-o à rua Chalgrin e mostro a passagem que Arsène Lupin, aproveitando-se das obras que dirigia, mandou seus homens fazerem entre o 40 e o 42, a passagem que serviu para vocês dois na noite da antevéspera.

– E depois?

– Depois levo o senhor Destange à casa do doutor Detinan, descemos a escada de serviço pela qual a senhorita desceu com Arsène Lupin para escapar de Ganimard. E ambos procuraremos a comunicação sem dúvida análoga que existe com o prédio vizinho, prédio cuja saída dá para o bulevar des Batignolles, e não para a rua Clapeyron.

– E depois?

– Depois levo o senhor Destange ao castelo de Crozon e será fácil para ele, que sabe o tipo de obras executadas por Arsène Lupin por ocasião da restauração daquele castelo, descobrir as passagens secretas que seu falso assistente mandou os homens construir. O senhor Destange constatará que essas passagens permitiram à Mulher Loura introduzir-se, à noite, no quarto da condessa e lá pegar na lareira o falso diamante azul; depois, duas semanas mais tarde, introduzir-se no quarto do conselheiro Bleichen e esconder esse diamante azul no fundo de um frasco... Ato bastante bizarro, admito, pequena vingança de mulher, talvez, não sei, isso não interessa.

– E depois?

– Depois – fez Herlock com uma voz mais grave –, levo o senhor Destange ao número 134 da avenida Henri-Martin e apuramos como o Barão d'Hautrec...

– Cale-se, cale-se... – balbuciou a jovem, com um pavor súbito. – Proíbo-o! Então ousa dizer que fui eu... Acusa-me...

– Acuso-a de ter matado o Barão d'Hautrec.

– Não, não, isso é uma infâmia.

– Matou o Barão d'Hautrec, senhorita. Empregou-se na casa dele usando o nome de Antoinette Bréhat, com a finalidade de lhe roubar o diamante azul, e o matou.

Mais uma vez, arrasada, reduzida a súplicas, ela murmurou:

– Cale-se, cavalheiro, eu lhe imploro. Uma vez que sabe tantas coisas, deve saber que não assassinei o barão.

– Eu não disse que o assassinou. O Barão d'Hautrec era sujeito a acessos de loucura que só a irmã Auguste era capaz de controlar. Obtive esse detalhe dela mesma. Na ausência dessa pessoa, ele deve ter investido contra a senhorita e foi durante essa luta, para defender sua vida, que a senhorita o golpeou. Transtornada com o que fez, a senhorita tocou a campainha e fugiu sem sequer arrancar do dedo de sua vítima o diamante azul que tinha ido pegar. Um instante depois, a senhorita levava um dos cúmplices de Lupin, empregado na casa ao lado, transportava o barão para sua cama, arrumava novamente o quarto... mas sempre sem ousar pegar o diamante azul. Eis o que se passou. Portanto, repito, a senhorita não assassinou o barão. Por outro lado, foram de fato suas mãos que o golpearam.

Ela as havia cruzado sobre o rosto, suas mãos esguias e pálidas, e assim conservou-as durante um longo tempo, imóveis. Por fim, soltando os dedos, revelou seu semblante de dor e indagou:

– É tudo que tem a intenção de dizer ao meu pai?

– Sim, e lhe direi que tenho como testemunhas a senhorita Gerbois, que reconhecerá a Mulher Loura, a irmã Auguste, que reconhecerá Antoinette Bréhat, e a condessa de Crozon, que reconhecerá a senhora de Réal. Eis o que lhe direi.

– O senhor não ousará – ela disse, recobrando o sangue-frio diante da ameaça de um perigo imediato.

Ele se levantou e deu um passo na direção da biblioteca. Clotilde deteve-o:

– Um instante, cavalheiro.

Refletiu, senhora de si mesma agora, e, bastante calma, perguntou-lhe:

– O senhor é Herlock Sholmes, não é?

– Sim.

– O que quer de mim?

– O que eu quero? Comecei um duelo com Arsène Lupin do qual preciso sair vencedor. Na expectativa de um desfecho que não deve demorar muito, suponho que um refém tão precioso como a senhorita me dê uma vantagem considerável sobre meu adversário. Logo, siga-me, senhorita, vou deixá-la com um de meus amigos. Assim que meu objetivo for alcançado, estará livre.

– Isso é tudo?

– É tudo, não faço parte da polícia do seu país e, por conseguinte, não me sinto no direito... de fazer justiça.

Ela parecia determinada. No entanto, exigiu ainda um momento de trégua. Seus olhos se fecharam, e Sholmes a observou, subitamente tão tranquila, quase indiferente aos perigos que a cercavam.

"A propósito", pensou o inglês, "será que se julga em perigo? Claro que não, uma vez que Lupin a protege. Com Lupin, nada pode atingir você. Lupin é todo-poderoso. Lupin é infalível."

– Senhorita – disse –, falei que partiríamos em cinco minutos, já passaram trinta.

– Posso subir ao meu quarto, senhor, e pegar minhas coisas?

– Se quiser, senhorita, posso esperá-la na rua Montchanin. Sou um excelente amigo do porteiro Jeanniot.

– Ah! o senhor sabe... – ela reagiu, com visível temor.

– Sei muitas coisas.

– Que seja. Irei então.

Trouxeram-lhe seu chapéu e seu casaco, e Sholmes disse:

– Precisa dar ao senhor Destange uma razão que explique nossa partida e que possa, caso necessário, explicar sua ausência durante alguns dias.

– É inútil. Logo estarei de volta.

Mais uma vez se desafiaram com o olhar, ambos irônicos e sorrindo.

– Como confia nele! – Sholmes exclamou.

– Cegamente.

MAURICE LEBLANC

– Tudo que ele faz é certo, não é? Tudo que ele quer se realiza. E a senhorita aprova tudo e está disposta a tudo por ele.

– Amo-o – ela respondeu, num arroubo de paixão.

– E acredita que ele a salvará?

Ela encolheu os ombros e, indo até o seu pai, preveniu-o:

– Vou lhe roubar o senhor Stickmann. Vamos à Biblioteca Nacional.

– Volta para almoçar?

– Talvez... ou melhor, não... mas não se preocupe...

Determinada, declarou a Sholmes:

– Agora estou sob seu comando, senhor.

– Sem subterfúgios?

– De olhos fechados.

– Se tentar escapar, eu telefono, grito, prendem a senhorita e levam-na para a prisão. Não se esqueça de que a Mulher Loura é objeto de um mandado.

– Juro pela minha honra que nada farei para escapar.

– Acredito na senhorita. Vamos.

Juntos, como ele ordenara, deixaram o prédio.

Na praça, o automóvel estava estacionado, voltado para a direção oposta. Viam-se as costas do motorista e seu boné, que praticamente cobria a gola do agasalho. Aproximando-se, Sholmes ouviu o ronco do motor. Abriu a porta, pediu a Clotilde que entrasse e sentou-se ao seu lado.

O carro arrancou bruscamente, alcançou os bulevares marginais, a avenida Hoche, a avenida de la Grande-Armée.

Herlock, pensativo, divagava sobre seus planos.

"Ganimard está em casa... deixo a moça em suas mãos... Conto para ele quem é a moça? Não, ele a levaria direto à Central, o que atrapalharia tudo. Quando ficar sozinho, consulto a lista do dossiê M.B. e vou à caça. E hoje à noite, ou no mais tardar amanhã de manhã, encontro Ganimard, como combinado, e lhe entrego Arsène Lupin e seu bando..."

Esfregou as mãos, feliz por sentir finalmente o objetivo ao seu alcance e ver que nenhum obstáculo sério o separava dele. Cedendo a uma necessidade de expansão que contrastava com sua natureza, exclamou:

– Desculpe, senhorita, se demonstro tanta satisfação. A batalha foi árdua, e o sucesso me envaidece particularmente.

– Sucesso legítimo, cavalheiro, e com o qual tem o direito de se regozijar.

– Obrigado. Mas que trajeto estranho é esse! Será que o motorista não ouviu?

Naquele momento, deixavam Paris pela porta de Neuilly. Que diabos! No entanto, a rua Pergolèse não fica fora das fortificações.

Sholmes abaixou o vidro.

– Ei, motorista, o senhor se enganou... rua Pergolèse!...

O homem não respondeu. Ele repetiu, mais alto:

– Mandei que seguisse para a rua Pergolèse.

O homem continuou sem responder.

– Ah, e essa agora! O senhor é surdo, por acaso, meu amigo? Ou está de má vontade? Não temos nada a fazer aqui... Rua Pergolèse! Ordeno que dê meia-volta o mais rápido possível.

Sempre o mesmo silêncio. O inglês sentiu um calafrio. Olhou para Clotilde: um sorriso indefinível vincava os lábios da moça.

– Por que está rindo? – ele resmungou. – Esse incidente não tem nenhuma relação... isso não muda as coisas em nada...

– Absolutamente nada – ela respondeu.

De repente uma ideia o tirou do sério. Soerguendo-se, examinou mais atentamente o homem que se encontrava ao volante. Os ombros eram mais delicados, a atitude, mais displicente... Foi tomado por um suor frio, suas mãos se crisparam, enquanto a mais terrível convicção se impunha ao seu espírito: aquele homem era Arsène Lupin.

– Muito bem, senhor Sholmes, o que me diz deste pequeno passeio?

– Delicioso, caro senhor, realmente delicioso – replicou Sholmes.

Nunca talvez se violentara tanto quanto precisou para articular essas palavras sem nenhum tremor na voz, sem nada que pudesse denunciar a fúria de todo o seu ser. Mas imediatamente, numa espécie de reação extrema, uma onda de raiva e ódio arrebentou o dique, carregou sua vontade e, com um gesto brusco, sacando seu revólver, ele o apontou para a senhorita Destange.

– Pare neste exato minuto, neste exato segundo, Lupin, ou abro fogo contra a senhorita.

– Recomendo que mire na face se quiser atingir a têmpora – respondeu Lupin, sem voltar a cabeça.

Clotilde pronunciou:

– Maxime, não vá tão depressa, a pista está escorregadia e sou muito medrosa.

Ela continuava a sorrir, os olhos pregados na pista, cujo asfalto irregular subia e descia diante do carro.

– Diga-lhe que pare! Diga-lhe que pare! – intimou-a Sholmes, louco de cólera. – Está vendo que sou capaz de tudo!

O cano do revólver roçou nos cachos do cabelo.

Ela murmurou:

– Esse Maxime é tão imprudente! Nessa velocidade, não resta dúvida de que vamos derrapar.

Sholmes guardou a arma no bolso e agarrou a maçaneta da porta, disposto a se jogar, apesar do absurdo da iniciativa.

Clotilde lhe disse:

– Tome cuidado, cavalheiro, há um automóvel atrás de nós.

Ele se debruçou. Um carro os seguia, com efeito, enorme, de aspecto feroz graças à sua frente pontiaguda, cor de sangue, e ocupado por quatro homens envoltos em peles.

"Ora", pensou, "estou bem vigiado, um pouco de paciência."

Cruzou os braços no peito, com a submissão orgulhosa daqueles que se inclinam e acatam quando o destino se volta contra eles. Enquanto atravessavam o Sena e deixavam para trás Suresnes, Rueil, Chatou, e permanecia imóvel, resignado, dominando sua cólera e sem amargura, só pensava em descobrir o milagre operado por Arsène Lupin para substituir seu chofer. Que o bom rapaz que escolhera de manhã no bulevar pudesse ser um cúmplice colocado ali previamente, ele não admitia. Em todo caso, Arsène Lupin fora necessariamente avisado e só poderia ter sido depois do momento em que ele, Sholmes, ameaçara Clotilde, uma vez que ninguém, antes, desconfiava do seu plano. Ora, desde aquele momento, Clotilde e ele não haviam se separado.

Lembrou-se de um detalhe: a ligação telefônica pedida pela moça, sua conversa com a costureira. E imediatamente compreendeu. Antes mesmo que tivesse falado, unicamente diante do anúncio da entrevista que ele solicitava como novo secretário do senhor Destange, ela farejara o perigo, adivinhara o nome e o objetivo do visitante e, com frieza, naturalmente, como se executasse mesmo o ato que parecia executar, chamara Lupin em seu socorro, sob a fachada de um serviço banal e recorrendo a fórmulas combinadas entre eles.

Como Arsène Lupin viera, como o automóvel estacionado, cujo motor vibrava, parecera-lhe suspeito, como subornara o motorista, tudo isso não tinha importância. O que fascinava Sholmes, a ponto de aplacar sua fúria, era a recordação do instante em que uma simples mulher, apaixonada, é verdade, domando seus nervos, esmagando seu instinto, congelando os traços de seu rosto, subjugando a expressão de seus olhos, ludibriara o velho Herlock Sholmes.

O que fazer contra um homem assistido por tais auxiliares, que, exclusivamente pela ascendência de sua autoridade, insuflava numa mulher tais provisões de audácia e energia?

Atravessaram o Sena e subiram a colina de Saint-Germain; porém, quinhentos metros após essa cidade, o fiacre desacelerou. O outro carro o alcançou e ambos pararam. Não havia ninguém nas cercanias.

– Senhor Sholmes – disse Lupin –, faça a gentileza de mudar de veículo. O nosso é realmente tão lento!...

– Ora essa! – exclamou Sholmes, apressado na mesma medida em que não tinha escolha.

– Permita-me igualmente lhe emprestar esse casaco, pois iremos a toda, e lhe oferecer esses dois sanduíches... Sim, sim, aceite, sabe lá quando vai jantar!

Os quatro homens haviam saltado do carro. Um deles se aproximou e, como retirara os óculos que o disfarçavam, Sholmes reconheceu o senhor de redingote do restaurante húngaro. Lupin lhe disse:

– Devolva esse fiacre ao motorista de quem o aluguei. Ele está esperando na primeira taberna de vinhos à direita da rua Legendre. Pague a segunda parcela de mil francos que prometi. Ah! Já ia esquecendo, passe os seus óculos para o senhor Sholmes.

Trocou algumas palavras com a senhorita Destange, depois se instalou ao volante e partiu, com Sholmes ao seu lado e, atrás dele, um de seus homens. Lupin não exagerara ao dizer que iriam "a toda". Desde o início foi uma velocidade vertiginosa. O horizonte vinha ao encontro deles como se atraído por uma força misteriosa, desaparecendo no mesmo instante como se tragado por um abismo, para o qual imediatamente outras coisas, árvores, casas, planícies e florestas, lançavam-se com a pressa tumultuosa de uma cachoeira que sente a aproximação do precipício.

Sholmes e Lupin não trocavam uma palavra. Acima de sua cabeça, as folhas das árvores faziam um barulho amplo como ondas, ritmadas pelo espaçamento regular de cada tronco. E as cidades evaporavam: Mantes, Vernon, Gaillon. De uma colina a outra, de Bon-Secours a Canteleu. Rouen, seu subúrbio, seu porto, seus quilômetros de cais, pareceu apenas a rua de um vilarejo. E vieram Duclair, Caudebec, a região de Caux, cujo relevo ultrapassaram em seu voo poderoso, e Lillebonne e Quillebeuf. E eis que se viram subitamente na beira do Sena, na ponta de um pequeno cais, onde se estendia um iate sóbrio e de linhas robustas, cuja chaminé lançava espirais de fumaça preta.

O carro parou. Em duas horas, haviam percorrido mais de duzentos quilômetros.

Arsène Lupin contra Herlock Sholmes

Um homem de impermeável azul e quepe com insígnias douradas avançou e cumprimentou.

– Perfeito, capitão! – exclamou Lupin. – Recebeu a mensagem?

– Recebi.

– A *Andorinha* está pronta?

– A *Andorinha* está pronta.

– Nesse caso, senhor Sholmes?

O inglês olhou à sua volta, percebeu um grupo de pessoas na varanda de um bar e logo outro mais próximo, compreendendo que antes de qualquer intervenção seria agarrado, embarcado e despachado para o fundo do porão. Portanto, atravessou a passarela e seguiu Lupin até a cabine do capitão.

Esta era vasta e meticulosamente limpa. O verniz de seus lambris e o polimento de seus cobres rebrilhavam.

Lupin fechou a porta e, sem preâmbulo, quase brutalmente, interpelou Sholmes:

– O que sabe ao certo?

– Tudo.

– Tudo? Esclareça.

Não havia mais na entonação de sua voz aquela civilidade um tanto irônica que afetava para com o inglês. Era o tom imperioso do chefe acostumado a comandar e a que todo mundo se curvasse diante dele, mesmo um Herlock Sholmes.

Estudaram-se com o olhar, inimigos agora, inimigos declarados e indóceis. Um pouco nervoso, Lupin continuou:

– Foram muitas as vezes, cavalheiro, que esbarrei com o senhor no meu caminho. Isso já passou dos limites, e cansei de perder meu tempo desfazendo as armadilhas estendidas por sua pessoa. Advirto-o, portanto, que meu comportamento com o senhor dependerá de sua resposta. O que sabe ao certo?

– Tudo, senhor, repito.

Arsène Lupin se conteve e, num tom espasmódico:

– Vou lhe dizer, eu, o que sabe. Sabe que, sob o nome de Maxime Bermond, eu... reformei quinze prédios construídos pelo senhor Destange.

– Sim.

– Desses quinze prédios, o senhor conhece quatro.

– Sim.

– E tem a lista dos outros onze.

– Sim.

– O senhor pegou essa lista na casa do senhor Destange, nesta noite sem dúvida.

– Sim.

– E como supõe que, dentre esses onze prédios, há fatalmente um que reservei para mim, para minhas necessidades e as dos meus amigos, o senhor delegou a Ganimard a tarefa de tomar providências e descobrir meu refúgio.

– Não.

– O que significa?

– O que significa que agi sozinho e que ia tomar minhas disposições sozinho.

– Então não tenho nada a temer, uma vez que está em minhas mãos.

– Não tem nada a temer enquanto eu estiver em suas mãos.

– Quer dizer que não pretende continuar assim?

– Não.

Arsène Lupin aproximou-se mais do inglês e, pousando a mão sobre seu ombro com toda a delicadeza:

– Escute, cavalheiro, não estou com disposição para conversar e, infelizmente para o senhor, não o vejo em condições de me fazer fracassar. Portanto, terminemos com isso.

– Terminemos.

– Vai me dar sua palavra de honra que não tentará escapar deste barco antes de estar em águas inglesas.

ARSÈNE LUPIN CONTRA HERLOCK SHOLMES

– Dou-lhe minha palavra de honra que tentarei escapar por todos os meios – respondeu Sholmes, indômito.

– Ora, faça-me o favor! O senhor sabe que basta eu dizer uma palavra para liquidá-lo. Todos esses homens me obedecem cegamente. A um sinal meu, eles lhe colocam uma corrente no pescoço...

– As correntes se rompem...

– ... e o atiram por cima da amurada, a dez milhas da costa.

– Sei nadar.

– Boa resposta – exclamou Lupin, rindo. – Deus me perdoe, eu estava com raiva. Desculpe, mestre... concluamos. Admite que tomo as medidas necessárias à minha segurança e à de meus amigos?

– Todas as medidas. Mas elas são inúteis.

– De acordo. No entanto, não me quer mal por eu as tomar.

– É seu dever.

– Vamos.

Lupin abriu a porta e chamou o capitão e dois marujos. Estes agarraram o inglês e, após tê-lo revistado, amarraram-lhe as pernas e o prenderam no beliche do capitão.

– Basta! – ordenou Lupin. – Na verdade, só a sua obstinação, cavalheiro, e a gravidade excepcional das circunstâncias para que eu chegue a...

Os marujos se retiraram. Lupin disse ao capitão:

– Capitão, um homem da tripulação permanecerá aqui à disposição do senhor Sholmes, e o senhor mesmo lhe fará companhia na medida do possível. Tenham toda a consideração por ele. Não é um prisioneiro, mas um hóspede. Que horas são no seu relógio, capitão?

– Duas e cinco.

Lupin consultou seu relógio, depois um pêndulo afixado na divisória da cabine.

– Duas e cinco?... Estamos acertados. De quanto tempo necessita para ir a Southampton?

– Nove horas, sem nos apressar.

– Levará onze. Não deve tocar a terra antes da partida do paquete que deixa Southampton à meia-noite e chega ao Havre às oito da manhã. Entendeu, não é, capitão? Repito: como seria infinitamente perigoso para nós todos se o cavalheiro retornasse à França nesse navio, não deve chegar a Southampton antes de uma da manhã.

– Entendido.

– Minhas saudações, mestre. Até o ano que vem, neste ou no outro mundo.

– Até amanhã.

Alguns minutos mais tarde, Sholmes ouviu o automóvel se afastar e, na mesma hora, nas profundezas do iate *Andorinha*, o vapor ofegou mais violentamente. A embarcação zarpava.

Por volta das três horas, haviam atravessado o estuário do Sena e alcançado o mar aberto. Nesse momento, no beliche onde estava preso, Herlock Sholmes dormia profundamente.

Na manhã seguinte, décimo e último dia da guerra travada pelos dois grandes rivais, o *Écho de France* publicava esta deliciosa notinha:

> *Ontem, uma ordem de expulsão foi decretada por Arsène Lupin contra Herlock Sholmes, detetive inglês. Assinada ao meio-dia, a ordem foi executada no mesmo dia. À uma hora da manhã, Sholmes foi desembarcado em Southampton.*

6
A SEGUNDA PRISÃO DE ARSÈNE LUPIN

Às oito horas, doze coches de uma empresa de mudanças obstruíram a rua Crevaux, entre a avenida do Bois de Boulogne e a avenida Bugeaud. O senhor Félix Davey deixava o apartamento que ocupava no quarto andar do número 8. E o senhor Dubreuil, perito em arte, que juntara num único apartamento o quinto andar do mesmo prédio e o quinto andar dos dois prédios contíguos, expedia no mesmo dia – pura coincidência, uma vez que esses senhores não se conheciam – as coleções de móveis visitadas diariamente por inúmeros diletantes estrangeiros.

Detalhe notado no bairro, mas só comentado *a posteriori*, nenhum dos doze coches estampava o nome e o endereço da empresa de mudanças, e nenhum dos homens que vieram com eles se demorou nas biroscas dos arredores. Trabalharam tão bem que às onze horas tudo estava terminado.

Só restavam montes de papéis e farrapos que ficaram para trás, nos cantos dos quartos vazios.

Rapaz elegante, trajado na moda mais refinada, a despeito de portar nas mãos uma bengala cujo peso indicava em seu detentor um bíceps invulgar, o senhor Félix Davey instalou-se tranquilamente no banco da aleia transversal que corta a avenida do Bois, em frente à rua Pergolèse. Perto dele, uma mulher, pelas roupas pequeno-burguesa, lia seu jornal, enquanto uma criança brincava de cavar, com sua pazinha, um túnel num montinho de areia.

Ao fim de um instante, Félix Davey perguntou à mulher, sem voltar a cabeça:

– Ganimard?

– Saiu às nove.

– Aonde foi?

– À Chefatura de Polícia.

– Sozinho?

– Sozinho.

– Nenhuma mensagem de noite?

– Nenhuma.

– Continuam a confiar em você no prédio?

– Continuam. Dou uma ajudinha à senhora Ganimard e ela me conta o que o marido faz… Passamos a manhã juntas.

– Está bem. Até nova ordem, continue a vir aqui diariamente, às onze horas.

Ele se levantou e dirigiu-se ao Pavilhão Chinês, nas redondezas da Porta Dauphine, onde fez uma refeição frugal – dois ovos, legumes e frutas. Em seguida, retornou à rua Crevaux e comunicou à zeladora:

– Vou dar uma espiada lá em cima, depois lhe devolvo a chave.

Terminou sua inspeção pelo cômodo que lhe servia de gabinete de trabalho. Ali, pegou a ponta do duto de gás, cujo cotovelo era articulado e que ficava dependurado junto à lareira, desatarraxou a bucha de cobre que o vedava, encaixou um pequeno dispositivo em forma de corneta e soprou.

Um assobio lhe respondeu. Na ponta do duto, murmurou:

– Ninguém, Dubreuil?

– Ninguém.

– Posso subir?

– Sim.

Recolocou o tubo no lugar, enquanto ruminava: "Até onde vai o progresso? Nosso século abunda em pequenas invenções que tornam a vida realmente encantadora e pitoresca. E tão divertida!... Sobretudo quando sabemos jogar a vida como eu!"

Girou um dos frisos de mármore da lareira. A placa de mármore se moveu por inteiro, e o espelho que a encimava correu sobre trilhos invisíveis, fazendo surgir uma ampla abertura, onde o aguardavam os primeiros degraus de uma escada construída no próprio corpo da lareira; tudo muito bem executado, em metal polido e lajotas de porcelana branca.

Subiu. No quinto andar, uma abertura idêntica acima da lareira. O senhor Dubreuil esperava.

– Terminou na sua casa?

– Terminou.

– Tudo esvaziado?

– Completamente.

– O pessoal?

– Só ficaram os três seguranças.

– Vamos.

Um depois do outro, subiram pela mesma passagem secreta até o andar dos criados e saíram numa mansarda onde se encontravam três indivíduos, um dos quais olhava pela janela.

– Nada de novo?

– Nada, patrão.

– A rua está calma?

– Completamente.

– Mais dez minutos e parto em definitivo... Você também irá. Daqui até lá, ao menor movimento suspeito na rua, avise-me.

– Mantenho sempre o dedo na campainha de alarme, patrão.

– Dubreuil, recomendou aos homens da mudança para não tocar nos fios dessa campainha?

– Claro, está funcionando perfeitamente.

– Isso me deixa tranquilo.

Os dois senhores desceram de volta até o apartamento de Félix Davey. E este, após devolver ao lugar a placa de mármore, exclamou alegremente:

– Dubreuil, eu queria ver a cara daqueles que descobrirão todos esses admiráveis truques, campainhas de alarme, rede de fios elétricos e tubos acústicos, passagens invisíveis, tacos que deslizam, escadas ocultas... Uma verdadeira engrenagem para um drama de suspense!

– Que propaganda para Arsène Lupin!

– Uma propaganda que ele teria muito bem dispensado. Pena abandonar um esconderijo assim. Temos de recomeçar do zero, Dubreuil... e seguindo um novo modelo, evidentemente, pois nunca é bom se repetir. Tudo culpa do Sholmes!

– O Sholmes ainda não voltou?

– E como? De Southampton, só há um único paquete, o da meia-noite. Do Havre, um único trem, o das oito da manhã, que chega às onze e onze. Visto que ele não pegou o paquete da meia-noite – e não pegou, sendo categóricas as instruções dadas ao capitão –, só poderá estar na França hoje à noite, via Newhaven e Dieppe.

– Se conseguir!

– Sholmes nunca desiste do jogo. Voltará, porém será tarde demais. Estaremos longe.

– E a senhorita Destange?

– Devo encontrá-la daqui a uma hora.

– Na casa dela?

ARSÈNE LUPIN CONTRA HERLOCK SHOLMES

– Oh, não, ela só voltará para casa daqui a uns dias, depois da tormenta... e quando eu puder me dedicar inteiramente a ela. Mas, você, Dubreuil, precisa apressar-se. O embarque das nossas coisas vai demorar, e sua presença no cais é necessária.

– Tem certeza de que não somos vigiados?

– Por quem? Sholmes era meu único receio.

Dubreuil se retirou. Félix Davey deu uma última volta, recolheu duas ou três cartas rasgadas, depois, percebendo um pedaço de giz, pegou-o, desenhou no papel de parede escuro da sala de jantar uma grande moldura e escreveu, como se faz numa placa comemorativa:

AQUI RESIDIU, DURANTE CINCO ANOS,
NO INÍCIO DO SÉCULO XX,
ARSÈNE LUPIN, LADRÃO DE CASACA.

Essa pequena brincadeira pareceu lhe dar grande satisfação. Contemplou-a, assobiando uma melodia alegre, e exclamou:

– Agora que estou em regra com os historiadores das gerações futuras, fujamos. Avie-se, mestre Herlock Sholmes, antes de três minutos deixarei minha toca e sua derrota será total... Mais dois minutos! Está me fazendo esperar, mestre! Mais um minuto! Não vem? Pois bem, proclamo sua derrocada e minha apoteose. Dito isso, safo-me. Adeus, reino de Arsène Lupin! Não o verei mais. Adeus aos cinquenta e cinco cômodos dos seis apartamentos nos quais eu reinava! Adeus, meu quartinho, meu austero quartinho.

Uma campainha cortou bruscamente seu acesso de lirismo, uma campainha aguda, rápida e estridente, que parou duas vezes, recomeçou duas vezes e parou. Era a campainha de alarme.

O que havia então? Que perigo imprevisto? Ganimard? Não podia ser... Fez menção de voltar ao seu escritório e fugir. Mas primeiro foi na direção da janela. Ninguém na rua. O inimigo já estaria dentro do prédio? Escutou e julgou discernir rumores confusos. Sem mais hesitar, correu

MAURICE LEBLANC

até o seu gabinete de trabalho e, quando atravessava a soleira, distinguiu o barulho de uma chave que tentavam introduzir na porta do vestíbulo.

– Diabos – murmurou –, na hora decisiva. A casa talvez esteja cercada... a escada de serviço, impossível. Felizmente a lareira...

Empurrou precipitadamente o friso de mármore: não se mexeu. Fez um esforço mais violento: não se mexeu.

Nesse exato momento teve a impressão de que a porta se abria e passos ressoavam.

– Raios – praguejou –, estou perdido se esse maldito mecanismo...

Seus dedos se convulsionaram em torno da lareira. Imprimiu todo o seu peso. Nada se mexeu. Nada! Por um azar incrível, por uma maldade realmente impiedosa do destino, o mecanismo, que funcionava ainda um minuto antes, não funcionava mais.

Insistiu, crispou-se. O bloco de mármore permanecia inerte, imutável. Maldição! Era admissível que aquele obstáculo estúpido lhe barrasse o caminho? Socou o mármore, deu socos raivosos, martelou-o, xingou-o...

– Muito bem, senhor Lupin, por acaso alguma coisa que não funciona a seu contento?

Lupin se voltou, tremendo de pavor. Herlock Sholmes estava à sua frente!

Herlock Sholmes! Encarou-o, piscando, como se incomodado por uma visão cruel. Herlock Sholmes em Paris! Herlock Sholmes, que ele despachara na véspera para a Inglaterra como um pacote perigoso e que surgia à sua frente, vitorioso e livre! Ah!, para que aquele milagre impossível tivesse se realizado, a despeito da vontade de Arsène Lupin, era preciso uma subversão das leis naturais, o triunfo de tudo que é ilógico e anormal! Herlock Sholmes à sua frente!

E o inglês tomou a palavra, irônico por sua vez, e despejando a polidez desdenhosa com que seu adversário tanto o havia flagelado:

– Senhor Lupin, advirto-o de que a partir deste minuto não penso mais na noite que o senhor me fez passar no palacete do Barão d'Hautrec, nem nas desventuras do meu amigo Wilson, ou no rapto de automóvel que sofri, e tampouco nessa viagem que acabo de fazer, amarrado por ordem sua num beliche desconfortável. Este minuto apaga tudo. Não me lembro de mais nada. Estou compensado. Regiamente compensado.

Lupin conservou o silêncio. O inglês continuou:

– Não é sua opinião?

Parecia insistir, como se exigisse uma aquiescência, uma espécie de indenização pelo passado.

Após um instante de reflexão, durante o qual o inglês se sentiu invadido e examinado até as profundezas de sua alma, Lupin declarou:

– Suponho, cavalheiro, que sua conduta atual se apoie em motivos sérios...

– Extremamente sérios.

– O fato de ter escapado do meu capitão e dos meus marujos não passa de um incidente secundário de nossa luta. Mas o fato de estar aqui, na minha frente, sozinho, está entendendo, sozinho diante de Arsène Lupin, faz pensar que sua revanche é tão completa quanto real.

– Tão completa quanto real.

– Este prédio?

– Cercado.

– Os dois prédios vizinhos?

– Cercados.

– O apartamento em cima deste?

– Os três apartamentos do quinto andar que o senhor Dubreuil ocupava, cercados.

– De modo que...

– De modo que está preso, senhor Lupin, irremediavelmente preso.

Os mesmos sentimentos que haviam agitado Sholmes durante seu passeio de automóvel, Lupin os experimentou, a mesma fúria concentrada, a mesma revolta – assim como, no fim das contas, a mesma lealdade o fez curvar-se à força das circunstâncias. Os dois homens igualmente poderosos deviam aceitar analogamente a derrota como um mal provisório ao qual cumpre resignar-se.

– Estamos quites, cavalheiro – disse Lupin de modo claro.

O inglês pareceu deslumbrado com essa confissão. Calaram-se. Ele então continuou, já senhor de si e sorridente:

– E não estou zangado com isso! Estava ficando maçante ganhar todas as vezes. Bastava eu esticar o braço para golpeá-lo no meio do peito. Desta vez, sou eu. *Touché*, mestre!

E riu francamente.

– Enfim vamos nos divertir! Lupin caiu na ratoeira. Como sairá? Na ratoeira!... Que aventura!... Ah, mestre, devo-lhe uma emoção ímpar. É isso, a vida!

Pressionou as têmporas com os dois punhos fechados, como se para comprimir a alegria desordenada que fervilhava nele, e fazia gestos de criança que se diverte além de suas forças.

Em seguida, aproximou-se do inglês.

– E agora, o que está esperando?

– O que estou esperando?

– Sim, Ganimard está aqui com seus homens. Por que ele não entra?

– Pedi para que não entrasse.

– E ele consentiu?

– Requeri seus serviços com a condição expressa de que se deixaria guiar por mim. Aliás, ele acredita que o senhor Félix Davey não passa de um cúmplice de Lupin!

– Então repito minha pergunta sob outra forma. Por que entrou sozinho?

– Quis primeiro falar com você.

– Ahá! Fez questão de falar comigo.

Essa ideia pareceu agradar singularmente a Lupin. Há determinadas circunstâncias em que preferimos de longe as palavras aos atos.

– Senhor Sholmes, lamento não ter poltrona a lhe oferecer. Esse velho caixote rachado lhe agrada? Ou o parapeito dessa janela? Tenho certeza de que um copo de cerveja seria bem-vindo... escura ou clara?... Mas sente-se, por favor...

ARSÈNE LUPIN CONTRA HERLOCK SHOLMES

– Inútil. Conversemos.

– Estou escutando.

– Serei breve. O objetivo de minha viagem à França não era sua prisão. Se fui levado a persegui-lo, foi porque não havia outro meio de chegar ao meu verdadeiro objetivo.

– E qual era?

– Encontrar o diamante azul!

– O diamante azul!

– Claro, uma vez que o descoberto no frasco do cônsul Bleichen não era o verdadeiro.

– Com efeito. O verdadeiro foi expedido pela Mulher Loura, mandei fazer uma cópia exata e, como naquela oportunidade eu tinha planos para as outras joias da condessa, e o cônsul Bleichen já era suspeito, a mencionada Mulher Loura, para não ser alvo de suspeita, esgueirou o falso diamante nas bagagens do mencionado cônsul.

– Enquanto o senhor guardava o verdadeiro.

– Naturalmente.

– Preciso desse diamante.

– Impossível. Mil desculpas.

– Prometi-o à condessa de Crozon. E o terei.

– Como o terá, uma vez que ele está em minha posse?

– Justamente por isso é que o terei.

– Eu o devolverei, então?

– Sim.

– Voluntariamente?

– Compro-o do senhor.

Lupin teve um acesso de riso.

– O senhor é mesmo do seu país. Trata isso como um negócio.

– É um negócio.

– E o que me oferece?

– A liberdade da senhorita Destange.

– A liberdade dela? Mas que eu saiba ela não está presa.

– Fornecerei ao senhor Ganimard as indicações necessárias. Sem a sua proteção, ela também será presa.

Lupin gargalhou novamente.

– Cavalheiro, o senhor me oferece o que não tem. A senhorita Destange está em segurança e nada teme. Peço-lhe que me ofereça outra coisa.

O inglês hesitou, visivelmente constrangido, um pouco vermelho nas faces. Depois, bruscamente, pousou a mão no ombro de seu adversário.

– E se eu lhe propusesse...

– Minha liberdade?

– Não... mas, enfim, posso sair desta sala, entender-me com o senhor Ganimard...

– E me deixar refletir?

– Sim.

– Meu Deus, de que isso me serviria? Esse satânico mecanismo não funciona mais – disse Lupin, empurrando com irritação o friso da lareira.

Abafou um grito de estupefação dessa vez, pois, capricho das coisas, retorno inesperado da sorte, o bloco de mármore se moveu sob seus dedos.

Era a salvação, a evasão possível. Nesse caso, para que se submeter às condições de Sholmes?

Andou para um lado e para o outro, como se meditasse numa resposta.

Em seguida, foi sua vez de pousar a mão no ombro do inglês.

– Pensando bem, senhor Sholmes, prefiro fazer meus pequenos negócios sozinho.

– No entanto...

– Não, não preciso de ninguém.

– Quando Ganimard agarrá-lo, será o fim. Não o soltarão.

– Quem sabe!

– Vejamos, isso é loucura. Todas as saídas estão vigiadas.

– Resta uma.

– Qual?

– A que escolherei.

– Palavras! Pode considerar sua prisão coisa feita.

ARSÈNE LUPIN CONTRA HERLOCK SHOLMES

– Ainda não.

– Então?

– Então fico com o diamante azul.

Sholmes sacou seu relógio.

– São duas e cinquenta. Às três horas chamo Ganimard.

– Temos, portanto, dez minutos pela frente para jogar conversa fora. Aproveitemos, senhor Sholmes, e, para satisfazer a curiosidade que me devora, conte-me como soube meu endereço e meu nome Félix Davey.

Enquanto vigiava atentamente Lupin, cujo bom humor o preocupava, Sholmes prestou-se de bom grado a essa pequena explicação, que afagava seu amor-próprio, e foi em frente:

– Seu endereço? Peguei-o com a Mulher Loura.

– Clotilde!

– Ela mesma. Lembre-se... ontem de manhã... quando eu quis raptá-la de automóvel, ela telefonou para a costureira.

– De fato.

– Pois bem, posteriormente compreendi que a costureira era o senhor. E, no barco, aquela noite, puxando pela memória, que talvez seja uma das coisas de que posso me gabar, consegui reconstituir os dois últimos algarismos do seu número de telefone... 73. Dessa forma, possuindo a lista de suas casas "reformadas", foi fácil para mim, assim que cheguei a Paris hoje de manhã, às onze horas, procurar e descobrir no catálogo telefônico o nome e o endereço do senhor Félix Davey. Conhecidos esse nome e esse endereço, pedi ajuda ao senhor Ganimard.

– Admirável! De primeira ordem! Só me resta me curvar. Mas o que não entendi é como o senhor pegou o trem do Havre. Como fez para se evadir do *Andorinha*?

– Não me evadi.

– No entanto...

– O senhor tinha dado ordens ao capitão para só chegar a Southampton à uma da manhã. Fui desembarcado à meia-noite. Pude então embarcar no paquete do Havre.

– O capitão me teria traído? Isso é inadmissível.

– Ele não o traiu.

– Então?...

– Foi seu relógio.

– Seu relógio.

– Sim, adiantei seu relógio em uma hora.

– Como?

– Como adiantamos um relógio, girando o ponteiro. Conversávamos, sentados um ao lado do outro, eu lhe contava histórias que o interessavam... Céus, ele não percebeu nada.

– Bravo, bravo, belo golpe, vou guardá-lo na memória. Mas e o relógio de parede que estava preso na divisória de sua cabine?

– Ah, esse relógio era mais difícil, pois eu estava com as pernas amarradas, mas o marujo que me vigiava durante as ausências do capitão se dispôs a dar um empurrãozinho nos ponteiros.

– Ele? Ora, vamos! Ele consentiu?...

– Oh! Ele ignorava a importância de seu ato! Eu apenas disse que precisava pegar o primeiro trem para Londres de qualquer maneira, e... ele se deixou convencer...

– Mediante...

– Mediante um presentinho... que o excelente homem aliás tem a intenção de lhe entregar lealmente.

– Que presente?

– Uma bagatela.

– Ora vamos...

– O diamante azul.

– O diamante azul!

– Sim, o falso, o que o senhor colocou no lugar do diamante da condessa, e que ela me entregou...

Foi uma explosão de risos, súbita e tumultuosa. Lupin se contorcia, com os olhos marejados de lágrimas.

Arsène Lupin contra Herlock Sholmes

– É de rolar de rir! Meu falso diamante passado ao marujo! E o relógio do capitão! E os ponteiros do pêndulo!...

Nunca antes Sholmes sentira tão violenta a luta entre Lupin e ele. Com seu instinto prodigioso, pressentia, sob aquela alegria excessiva, uma concentração de pensamento formidável, como que uma síntese de todas as faculdades.

Pouco a pouco Lupin se aproximara. O inglês recuou e, distraidamente, esgueirou os dedos em sua algibeira.

– São três horas, senhor Lupin.

– Três horas, já? Que pena!... Estávamos nos divertindo tanto!

– Espero sua resposta.

– Minha resposta? Meu Deus, como o senhor é exigente! Chegamos então ao fim do nosso jogo. E, como recompensa, minha liberdade!

– Ou o diamante azul.

– Que seja... jogue primeiro. O que faz?

– Jogo o rei – disse Sholmes, disparando um tiro de revólver.

– E eu o curinga – replicou Arsène, desfechando um soco na direção do inglês.

Sholmes atirara para o alto, para chamar Ganimard, cuja intervenção lhe parecia urgente. Mas o punho de Arsène atingiu em cheio o estômago de Sholmes, que empalideceu e vacilou. Num pulo, Lupin alcançou a lareira e fez com que a placa de mármore se deslocasse... Tarde demais! A porta se abriu.

– Renda-se, Lupin. Senão...

Sem dúvida posicionado mais perto do que Lupin pensara, Ganimard estava ali, com o revólver apontado para ele. E atrás de Ganimard dez, vinte homens se espremiam, brutamontes sem pruridos, que o teriam abatido feito um cão ao menor sinal de resistência.

Ele fez um gesto, muito calmo.

– Abaixem as patas! Eu me rendo.

E cruzou os braços no peito.

Houve uma espécie de estupor. No aposento despojado de seus móveis e suas cortinas, as palavras de Arsène Lupin se prolongavam como um eco. "Eu me rendo!" Palavras inacreditáveis! Esperavam que ele sumisse num passe de mágica por um alçapão ou que uma parede desmoronasse à sua frente e o furtasse mais uma vez a seus agressores. E ele se rendia!

Ganimard avançou e, nervosíssimo, com toda a gravidade que comportava tal ato, lentamente estendeu a mão sobre seu adversário e teve o prazer infinito de pronunciar:

– Considere-se preso, Lupin.

– Brrr!!! – arrepiou-se Lupin –, assim você me dá medo, meu bom Ganimard. Que cara mais lúgubre! Parece que está falando diante do túmulo de um amigo. Vamos, não faça essa cara de enterro.

– Considere-se preso.

– E isso o choca? Em nome da lei da qual é fiel executor, Ganimard, inspetor-chefe, prende o malvado Lupin. Minuto histórico, cuja importância os senhores captam plenamente… E é a segunda vez que esse fato se produz. Bravo, Ganimard, você irá longe na carreira!

E ofereceu seus pulsos às grilhetas de aço…

Foi um acontecimento que se deu de maneira um pouco solene. Os agentes, a despeito de sua proverbial brusquidão e da força de seu ressentimento contra Lupin, agiam com sobriedade, surpresos com a chance de tocar naquela criatura intangível.

– Meu pobre Lupin – ele suspirou –, o que diriam seus amigos do nobre *faubourg*, vendo-o humilhado dessa maneira?

Afastou os punhos num esforço progressivo e contínuo de todos os seus músculos. As veias de sua testa saltaram. Os elos da corrente penetraram-lhe na pele.

– Vamos – ele disse.

A corrente arrebentou, rompida.

– Outra, camaradas, esta não vale nada.

Passaram-lhe duas. Ele aprovou:

ARSÈNE LUPIN CONTRA HERLOCK SHOLMES

– Assim é melhor! Nunca é demais tomar todas as precauções.

Depois, contando os agentes:

– Quantos vocês são, meus amigos? Vinte e cinco? Trinta? É muito...
Nada a fazer. Ah, se fossem apenas quinze!

Era realmente uma atuação, a atuação de um grande ator que desempenha seu papel por instinto e com verve, com impertinência e despreocupação. Sholmes assistia, como assistimos a um belo espetáculo cujas belezas e nuances apreciamos. De fato, teve a impressão bizarra de que a luta era igual entre aqueles trinta homens de um lado, apoiados por todo o aparato formidável da justiça, e do outro aquela criatura solitária, sem armas e acorrentado. Os dois lados se equivaliam.

– Muito bem, mestre – disse-lhe Lupin –, eis a sua obra. Graças ao senhor, Lupin apodrecerá na palha úmida das masmorras. Confessa que sua consciência não está absolutamente tranquila e que o remorso o devora?

Involuntariamente o inglês encolheu os ombros, parecendo dizer: "Só depende do senhor!..."

– Nunca! Nunca! – exclamou Lupin. – Devolver-lhe o diamante azul? Ah!, não, ele me deu um trabalhão. Prezo-o. Por ocasião da primeira visita que eu tiver a honra de lhe fazer em Londres, mês que vem sem dúvida, direi minhas razões... Mas estará em Londres mês que vem? Prefere Viena? São Petersburgo?

Sobressaltou-se. No teto, subitamente, soava uma campainha. E não era mais a campainha de alarme, e sim do telefone, cujos fios saíam no seu escritório, entre as duas janelas, e cujo aparelho não fora retirado.

O telefone! Ora, quem cairia na armadilha que um abominável acaso preparava! Arsène Lupin esboçou um gesto de raiva em direção ao aparelho, como se quisesse arrebentá-lo, reduzi-lo a migalhas e, com isso, abafar a voz misteriosa que o chamava. Mas Ganimard pegou o fone e se debruçou.

– Alô... alô... o número 648.73... sim, é aqui.

Rapidamente, com autoridade, Sholmes afastou-o, pegou o aparelho e cobriu o bocal com seu lenço, para tornar irreconhecível o som de sua voz.

Nesse momento, ergueu os olhos para Lupin. E o olhar que trocaram lhes provou que o mesmo pensamento ocorrera a ambos, e que os dois previam até as últimas consequências daquela hipótese possível, provável, quase certa: era a Mulher Loura que telefonava. Julgava telefonar para Félix Davey, ou melhor, para Maxime Bermond, e era com Sholmes que ela ia se abrir!

E o inglês falou, lentamente:

– Alô... alô...

Uma pausa, e Sholmes:

– Sim, sou eu, Maxime.

O drama se delineou imediatamente, com uma precisão trágica. Lupin, o indomável e trocista Lupin, nem mesmo tentava esconder sua ansiedade e, com o rosto pálido de angústia, esforçava-se para ouvir, adivinhar. E Sholmes continuou, em resposta à voz misteriosa:

– Alô... alô... claro, está tudo terminado, eu me preparava justamente para encontrá-la, como combinado... Onde? Ora, onde você está. Não acha que é melhor assim...

Ele hesitou, procurando as palavras, então se calou. Estava claro que tentava interrogar a moça sem falar muito e que ignorava completamente onde ela se encontrava. Além disso, a presença de Ganimard parecia incomodá-lo... Ah!, se algum milagre pudesse cortar o fio daquela conversa diabólica! Lupin o convocava com todas as suas forças, tensionando os seus nervos!

E Sholmes pronunciou:

– Alô! Alô! Não está ouvindo? Eu também não... muito mal... quase não consigo entender... Está escutando? Muito bem, pronto... pensando bem... é preferível que volte para sua casa... Perigo? Nenhum... Mas ele está na Inglaterra! Recebi um despacho de Southampton, confirmando sua chegada.

A ironia dessas palavras! Sholmes articulou-as com um bem-estar inexprimível. E acrescentou:

– Portanto, não perca tempo, querida amiga, estou indo ao seu encontro.

Desligou o aparelho.

– Senhor Ganimard, peço três de seus homens.

– É para a Mulher Loura, não é?

– Sim.

– Sabe quem é, onde está?

– Sim.

– Danado! Bela captura. Com Lupin… a missão está completa. Folenfant, pegue dois homens e acompanhe o cavalheiro.

O inglês se afastou, seguido por três agentes.

Estava terminado. A Mulher Loura também cairia no poder de Sholmes. Graças à sua admirável obstinação, graças à cumplicidade de acontecimentos auspiciosos, a batalha findava para ele em vitória; para Lupin, num desastre irreparável.

– Senhor Sholmes!

O inglês se deteve.

– Senhor Lupin?

Lupin parecia profundamente abalado por aquele último golpe. Rugas escavavam sua testa. Estava cansado e triste. Aprumou-se, contudo, em um sobressalto de energia. Alegre e displicente apesar de tudo, exclamou:

– O senhor há de convir que o destino está contra mim. Ainda há pouco, ele me impediu de fugir por essa lareira e me entregou ao senhor. Dessa vez, serve-se do telefone para lhe dar de presente a Mulher Loura. Curvo-me às suas ordens.

– O que significa?...

– Significa que estou pronto a reabrir as negociações.

Sholmes puxou à parte o inspetor e solicitou, num tom aliás que não admitia réplica, autorização para trocar algumas palavras com Lupin. Em seguida, voltou-se para este. Colóquio supremo! Começou num tom seco e nervoso.

– O que deseja?

– A liberdade da senhorita Destange.

– Sabe o preço?

– Sim.

– E aceita?

– Aceito todas as suas condições.

– Ah! – fez o inglês, perplexo. – Mas o senhor recusou... para o senhor...

– Tratava-se de mim, senhor Sholmes. Agora é uma mulher... E a mulher que amo. Na França, compreenda, temos ideias muito singulares sobre essas coisas. E não é porque me chamo Lupin que agiria de maneira diferente... Ao contrário!

Disse isso com muita calma. Sholmes inclinou imperceptivelmente a cabeça e murmurou:

– E então, o diamante azul?

– Pegue minha bengala, ali, no canto da lareira. Aperte com uma das mãos o castão e, com a outra, gire a argola de ferro que remata a ponta oposta do bastão.

Sholmes pegou a bengala e girou a argola, e, enquanto girava, percebeu que o castão desatarraxava. No interior desse castão estava uma bola de argamassa. Dentro da bola, um diamante.

Examinou-o. Era o diamante azul.

– A senhorita Destange está livre, senhor Lupin.

– Livre no futuro como no presente? Não tem nada a recear de sua parte?

– Nem de ninguém.

– Aconteça o que acontecer?

– Aconteça o que acontecer. Acabo de apagar seu nome e seu endereço.

– Obrigado. E até logo. Pois nos veremos novamente, não é, senhor Sholmes?

– Não tenho dúvida disso.

ARSÈNE LUPIN CONTRA HERLOCK SHOLMES

Houve entre o inglês e Ganimard uma explicação bastante agitada que Sholmes interrompeu com certa brusquidão:

– Lamento muito, senhor Ganimard, por não estarmos de acordo. Mas não tenho tempo de convencê-lo. Parto para a Inglaterra em uma hora.

– Mas... e a Mulher Loura?...

– Não conheço essa pessoa...

– Mas um instante atrás...

– É pegar ou largar. Já lhe entreguei Lupin. Eis o diamante azul... que o senhor terá o prazer de devolver pessoalmente à condessa de Crozon. Parece-me que não tem do que se queixar.

– Mas a Mulher Loura?

– Encontre-a.

Enfiou seu chapéu na cabeça e saiu rapidamente, como alguém que não tem o costume de se demorar quando seus assuntos estão resolvidos.

– Boa viagem, mestre – gritou Lupin. – E pode crer que nunca esquecerei as relações cordiais que cultivamos. Meu apreço ao senhor Wilson.

Não obteve nenhuma resposta e riu:

– É o que se chama sair à inglesa. Ah, esse digno ilhéu não tem a flor de cortesia pela qual nos distinguimos. Pense um pouco, Ganimard, na saída que um francês teria executado em tais circunstâncias, com que requintes de polidez teria revestido seu triunfo! Mas, Deus me perdoe, Ganimard, o que está fazendo? Ora vamos, uma revista! Não há mais nada, pobre amigo, nem sequer um papel. Meus arquivos estão em local seguro.

– Quem sabe? Quem sabe?

Lupin resignou-se. Contido por dois inspetores, cercado pelos demais, assistiu pacientemente às diversas operações. No entanto, ao fim de vinte minutos, suspirou:

– Vamos, Ganimard, você nunca termina.

– Então está com pressa?

– Se estou com pressa? Tenho um encontro urgente!

– Na Central?

– Não, na cidade.

– Bah! E a que horas?

– Às duas.

– São três.

– Justamente, chegarei atrasado, e não há nada que eu deteste mais do que chegar atrasado.

– Me dá cinco minutos?

– Nem um a mais.

– Muito amável... vou tentar...

– Não fale tanto... De novo esse armário? Mas está vazio!

– No entanto, eis algumas cartas.

– Velhas faturas!

– Não, um maço amarrado com uma fita.

– Uma fita cor-de-rosa? Oh! Ganimard, não desate, pelo amor de Deus!

– É de uma mulher?

– Sim.

– Uma mulher da sociedade?

– Da melhor.

– Seu nome?

– Senhora Ganimard.

– Muito engraçado! Muito engraçado! – exclamou o inspetor, num tom ofendido.

Nesse momento, os homens espalhados nos outros cômodos comunicaram que as revistas não tinham dado nenhum resultado. Lupin desatou a rir.

– Claro que não! Por acaso esperavam descobrir a lista de meus camaradas ou a prova de minhas relações com o imperador da Alemanha? O que você teria de procurar, Ganimard, são os pequenos mistérios deste apartamento. Por exemplo, esse tubo de gás é um tubo acústico. Essa lareira contém uma escada. Essa parede é oca. E o emaranhado das campainhas! Veja, Ganimard, aperte esse botão...

Ganimard obedeceu.

– Não ouve nada? – interrogou Lupin.

– Não.

– Eu também não. Contudo, você ordenou ao comandante do meu parque aerostático que preparasse o balão dirigível que em breve irá nos carregar pelos ares.

– Vamos – disse Ganimard, que terminara sua inspeção –, chega de tolices, a caminho!

Deu alguns passos, os homens o seguiram. Lupin não saiu do lugar. Seus guardiões o empurraram. Em vão.

– Muito bem – disse Ganimard –, recusa-se a andar?

– Em absoluto.

– Nesse caso...

– Se irei ou não, depende.

– De quê?

– Do lugar para onde me levarão.

– Para a Central, é claro.

– Então não saio do lugar. Não tenho nada a fazer na Central.

– Por acaso está louco?

– Não tive a honra de lhe avisar que tenho um encontro urgente?

– Lupin!

– Ora, Ganimard, a Mulher Loura aguarda minha visita e decerto não supõe que eu seja tão grosseiro a ponto de inquietá-la! Seria indigno de um homem galante.

– Escute, Lupin – disse o inspetor, a quem aquela galhofa começava a irritar –, até aqui fui muito amável com você. Mas tudo tem limite. Siga-me.

– Impossível. Tenho um encontro, estarei presente a esse encontro.

– Pela última vez...

– Im-pos-sí-vel.

Ganimard fez um sinal. Dois homens agarraram Lupin pelas axilas e o levantaram, mas o largaram imediatamente, com um gemido de dor: com suas duas mãos, Arsène Lupin enfiara neles duas longas agulhas na carne.

Furiosos, os outros se precipitaram, dando finalmente vazão ao seu ódio, loucos para vingar seus camaradas e a si mesmos de tantos ultrajes, e bateram, bateram à vontade. Um soco mais violento atingiu-o na têmpora. Ele caiu.

– Se o estragarem – rosnou Ganimard, furioso –, terão de se haver comigo.

Debruçando-se sobre o prisioneiro, averiguou seu estado. Ao constatar que respirava livremente, ordenou que o pegassem pelos pés e pela cabeça, enquanto ele mesmo escorava seu torso.

– Vamos, com delicadeza, por favor! Sem solavancos... Ah, brutos, eles o teriam matado. Ei, Lupin, você está bem?

Lupin abria os olhos. Balbuciou:

– Um trapo, Ganimard... Você permitiu que eles me demolissem.

– Culpa sua, desgraçado... cabeça-dura! – respondeu Ganimard, desolado. – Está doendo muito?

Chegaram ao saguão. Lupin gemeu:

– Ganimard... o elevador... eles vão me quebrar os ossos...

– Boa ideia, excelente ideia – aprovou Ganimard. – Aliás, a escada é muito estreita, não haveria como...

Chamou o elevador. Instalaram Lupin no assento com todo tipo de precauções. Ganimard acomodou-se ao seu lado e disse a seus homens:

– Desçam pela escada enquanto vamos de elevador. Esperem-me em frente à cabine da zeladora. Combinado?

Puxou a porta. Mas ela ainda não se fechara quando ressoaram gritos. Num pulo, o ascensor subira como um balão do qual cortaram o cabo. Uma gargalhada reverberou, sardônica.

– Miserável... – berrou Ganimard, procurando freneticamente no escuro o botão para descer.

E, como não o encontrava, gritou:

– O quinto! Vigiem a porta do quinto.

Em grupos de quatro, os agentes subiram a escada. Mas produziu-se um fato estranho: o elevador pareceu furar o teto do último andar, desapareceu sob os olhos dos agentes, emergiu subitamente no andar superior, o dos criados, e parou. Três homens espreitavam e abriram a porta. Dois deles dominaram Ganimard, o qual, imobilizado, estupefato, não pensava em se defender. O terceiro carregou Lupin.

– Eu o tinha avisado, Ganimard... a subida no balão... e graças a você! Seja menos piedoso em outra ocasião. E, sobretudo, lembre-se de que Arsène Lupin não permite que o surrem e ridicularizem sem bons motivos. Adeus...

A cabine já estava novamente fechada, e o elevador, com Ganimard, fora despachado novamente para os andares inferiores. E tudo isso foi executado tão depressa que o velho policial ainda alcançou os agentes perto da cabine da zeladora.

Sem sequer se comunicarem, atravessaram o pátio correndo e subiram pela escada de serviço, único meio de chegar ao andar dos criados por onde a evasão se dera.

Um longo corredor labiríntico e servindo a pequenos quartos numerados conduzia a uma porta, que estava simplesmente arrombada. Do outro lado dessa porta, e por conseguinte num outro prédio, partia outro corredor, igualmente com ângulos quebrados e ladeado por quartos semelhantes. Ao fundo, uma escada de serviço. Ganimard desceu por ela, atravessou um pátio, um vestíbulo e se precipitou por uma rua, a rua Picot. Então compreendeu: os dois prédios, construídos em profundidade, tocavam-se e suas fachadas davam para duas ruas, não perpendiculares, mas paralelas, e distantes uma da outra mais de sessenta metros.

Entrou na cabine da zeladora e, mostrando sua carteira, inquiriu:

– Quatro homens acabam de passar por aqui?

– Sim, os criados do quarto e do quinto e dois amigos.

– Quem mora no quarto e no quinto?

– Os senhores Fauvel e seus primos Provost... Eles se mudaram hoje. Só ficaram esses dois criados... Eles acabam de sair.

"Ah!", pensou Ganimard, afundando-se num sofá da cabine. "Que belo golpe deixamos de dar! O bando inteiro ocupava esse bloco de prédios!"

Quarenta minutos mais tarde, dois senhores chegavam de carro à Gare du Nord e corriam até o trem expresso de Calais, seguidos por um carregador com suas malas.

Um deles tinha um braço na tipoia, e seu rosto pálido não exibia um aspecto saudável. O outro parecia alegre.

– Avie-se, Wilson, não podemos perder o trem... Ah, Wilson, nunca esquecerei estes dez dias!

– Eu também não.

– Ah! Que belas batalhas!

– Soberbas.

– Exceto, aqui e ali, alguns pequenos aborrecimentos...

– Pequenininhos.

– E finalmente o triunfo, de ponta a ponta. Lupin preso! O diamante azul recuperado!

– Meu braço quebrado.

– Quando estão em jogo satisfações desse tipo, o que é um braço quebrado?

– Sobretudo o meu.

– Exatamente! Lembre-se, Wilson, foi justamente no momento em que você estava no farmacêutico, sofrendo como um herói, que descobri o fio que me guiou nas trevas.

– Que feliz coincidência!

Portinholas se fechavam.

– Para o vagão, por favor. Estamos na hora, cavalheiros.

O carregador subiu os degraus de um compartimento vazio e dispôs as malas no aparador, enquanto Sholmes içava o desafortunado Wilson.

– Mas o que você tem, Wilson? Não termina com isso! Mais fibra, velho camarada...

– Não é fibra que me falta.

– Então o que é?

– Só tenho uma das mãos disponível.

ARSÈNE LUPIN CONTRA HERLOCK SHOLMES

– E daí? – exclamou alegremente Sholmes. – Chega de conversa fiada. Parece até que você é a única pessoa nesse estado. E os pinguins? Os verdadeiros manetas? Vamos lá, certo? Não é nada de mais.

Estendeu ao carregador uma moeda de cinquenta cêntimos.

– Ótimo, meu amigo. Aqui para você.

– Obrigado, senhor Sholmes.

O inglês ergueu os olhos: Arsène Lupin.

– O senhor... O senhor! – balbuciou, estupefato.

E Wilson gaguejou, agitando sua única mão com gestos de alguém que demonstra um fato:

– O senhor! O senhor! Mas o senhor está preso! Sholmes me contou. Quando ele se despediu, Ganimard e seus trinta agentes o cercavam...

Lupin cruzou os braços e, com ar indignado:

– Então os senhores imaginaram que eu os deixaria partir sem dizer adeus? Após as excelentes relações de amizade que jamais deixamos de cultivar uns com os outros? Mas isso seria o cúmulo da indelicadeza. Por quem me tomam?

O trem apitava.

– Enfim, eu lhes perdoo... Mas têm tudo de que precisam? Fumo, fósforos... sim... e os jornais vespertinos? Neles encontrarão detalhes sobre minha prisão, sua última façanha, mestre. E agora, até logo. Foi um prazer conhecê-los, de verdade!... Caso precisem de mim, ficarei muito feliz...

Pulou para a plataforma e fechou a portinhola.

– Adeus – repetiu, agitando um lenço. – Adeus, escreverei... Os senhores também, combinado? E seu braço quebrado, senhor Wilson? Espero notícias de todos os dois... Um cartão-postal de quando em quando... Como endereço: Lupin, Paris... Isso é suficiente. Não precisa selar... Adeus, até breve...

SEGUNDO EPISÓDIO

A LÂMPADA JUDAICA

1

    Herlock Sholmes e Wilson estavam sentados à direita e à esquerda da grande lareira, os pés estendidos para um aconchegante fogo de hulha.

    O cachimbo de Sholmes, cujo corpo era de raiz de urze, curto e rematado por um anel de prata, apagou. Ele bateu a cinza, encheu-o novamente, acendeu-o, trouxe para os joelhos as abas de seu robe de chambre e deu longas baforadas, que se esmerava em lançar para o teto em pequenas rodelas de fumaça.

    Wilson observava-o. Observava-o como o cão deitado encolhido no tapete da sala olha seu dono, com olhos arregalados, que não piscam, olhos que não têm outra esperança senão corresponder ao gesto esperado. O mestre iria romper o silêncio? Iria revelar-lhe o segredo de sua divagação atual e admiti-lo no reino da meditação cuja entrada parecia proibida a Wilson?

    Sholmes se calava.

    Wilson arriscou:

    – Os tempos estão calmos. Nenhum caso para abocanharmos.

    Sholmes calou-se mais violentamente ainda, mas suas rodelas de fumaça estavam cada vez mais perfeitas, e qualquer outro que não Wilson teria observado que ele extraía disso a profunda satisfação que dão esses pequenos deleites de amor-próprio, nas horas em que o cérebro está completamente vazio de pensamentos.

Wilson, desencorajado, levantou-se e foi até a janela.

A triste rua se estendia entre as fachadas melancólicas dos prédios, sob um céu escuro do qual caía uma chuva cruel e raivosa. Um táxi passou, e mais outro. Wilson escreveu seus números num bloquinho. Sabe-se lá?...

– Ora – exclamou –, o carteiro.

O homem entrou, conduzido por um criado.

– Duas cartas registradas, senhor... poderia fazer o favor de assiná-las?

Sholmes assinou o registro, acompanhou o homem até a porta e voltou, abrindo uma das cartas.

– Você parece felicíssimo – observou Wilson ao fim de um momento.

– Essa carta contém uma proposta bem interessante. Você que pedia um caso, ei-lo aqui. Leia...

Wilson leu:

Senhor, Venho pedir-lhe o socorro de sua experiência. Fui vítima de um roubo importante, e as buscas efetuadas até aqui parecem destinadas ao fracasso.

Envio junto com essa correspondência um certo número de jornais que o deixarão ao par do episódio, e, se for de seu interesse assumi-lo, coloco minha mansão ao seu dispor e peço-lhe que escreva no cheque anexo, assinado por mim, a soma que julgar conveniente estabelecer para suas despesas de viagem.

Queira fazer a gentileza de me telegrafar sua resposta e aceite, senhor, meus protestos da mais elevada consideração.

Barão Victor d'Imblevalle, rua Murillo, 18.

– Ora, ora! – fez Sholmes. – Isto se anuncia promissor... Uma pequena viagem a Paris, afinal, por que não? Desde meu famoso duelo com Arsène

Lupin, não tive oportunidade de voltar. Não me aborreceria ver a capital do mundo em condições um pouco mais tranquilas.

Rasgou o cheque em quatro e, enquanto Wilson, cujo braço não recuperara a antiga flexibilidade, pronunciava palavras amargas contra Paris, abriu o segundo envelope.

Imediatamente teve um gesto de irritação, franziu a testa durante a leitura e, amassando o papel, fez com ele uma bola, que atirou com violência no assoalho.

– O que foi? O que há? – exclamou Wilson, assustado.

Recolheu a bola, desamassou-a e leu com crescente estupor:

Meu caro Mestre,

Sabe a admiração que tenho pelo senhor e o interesse que dedico à sua reputação. Pois bem, creia-me, não assuma o caso para o qual solicitam sua colaboração. Sua intervenção causaria muito mal, todos os seus esforços não desembocariam senão num resultado lamentável, e o senhor seria obrigado a admitir publicamente o seu fracasso.

Profundamente desejoso de lhe poupar tal humilhação, rogo, em nome de nossa amizade, que permaneça tranquilamente junto à sua lareira.

Minhas lembranças ao senhor Wilson, e para o senhor, meu caro Mestre, a respeitosa homenagem do seu devotado

Arsène Lupin.

– Arsène Lupin!... – repetiu Wilson, confuso.

Sholmes começou a socar a mesa.

– Ah, mas esse animal começa a me irritar! Zomba de mim como se eu fosse um moleque! A confissão pública do meu fracasso! Não o obriguei a devolver o diamante azul?

– Ele está com medo – insinuou Wilson.

– Não diga tolices! Arsène Lupin nunca tem medo, a prova disso é que me provoca.

– Mas como teria ele conhecimento da carta enviada pelo Barão d'Imblevalle?

– Como vou saber? Você faz umas perguntas estúpidas, meu caro!

– Apenas pensei... imaginei...

– O quê? Que sou um bruxo?

– Não, mas já o vi realizar tantos prodígios!

– Ninguém realiza prodígios... nem eu nem outro qualquer. Reflito, deduzo, concluo, mas não adivinho. Só os imbecis adivinham.

Wilson adotou a postura humilde de um cão espancado e procurou, a fim de não ser um imbecil, não adivinhar por que Sholmes perambulava pela sala com passadas largas e irritadas. Mas, como Sholmes chamou o criado e pediu sua mala, Wilson julgou-se no direito, uma vez que aí havia fato material, de refletir, deduzir e concluir que o mestre partia em viagem.

Operação intelectual idêntica lhe permitiu afirmar, sem vergonha de errar:

– Herlock, você vai a Paris.

– Possível.

– E vai mais para responder à provocação de Lupin do que para ajudar o Barão d'Imblevalle.

– Possível.

– Herlock, vou com você.

– Ah! Ah, velho amigo – exclamou Sholmes, interrompendo a caminhada –, não teme que seu braço esquerdo tenha o mesmo destino do direito?

– O que pode me acontecer? Você estará lá.

– Esplêndido então, camarada! E mostraremos a esse senhor que ele talvez esteja errado ao desafiar-nos atirando sua luva com tamanha audácia! Rápido, Wilson, nós nos encontramos no primeiro trem.

– Sem esperar os jornais que o barão disse ter enviado?

ARSÈNE LUPIN CONTRA HERLOCK SHOLMES

– Para quê?

– Mando um telegrama?

– Inútil. Arsène Lupin saberá da minha chegada. Não ligo. Desta vez, Wilson, temos que jogar pesado.

À tarde, os dois amigos embarcavam em Dover. A travessia foi excelente. No rápido Calais-Paris, Sholmes presenteou-se com três horas do sono mais profundo, enquanto Wilson permanecia vigilante na porta da cabine e meditava, o olhar vago.

Sholmes acordou alegre e bem-disposto. A perspectiva de um novo duelo com Arsène Lupin o arrebatava e ele esfregava as mãos com o ar satisfeito de um homem que se prepara para degustar abundantes alegrias.

– Finalmente – exclamou Wilson –, vamos desenferrujar! E esfregou as mãos com o mesmo ar satisfeito.

Na estação, Sholmes pegou os casacos. Seguido por Wilson, que carregava as malas – cada qual com seu fardo –, entregou os tíquetes e saiu alegremente:

– Que tempo bonito, Wilson... Sol! Paris está em festa para nos receber.

– Quanta gente!

– Melhor assim, Wilson! Não corremos o risco de ser notados. Ninguém nos reconhecerá no meio dessa multidão!

– Senhor Sholmes, correto?

O detetive estacou, pasmo. Que demônio poderia interpelá-lo pelo nome?

Ao seu lado, uma mulher, uma jovem, cuja roupa muito simples sublinhava a figura distinta, e cujo belo rosto exibia uma expressão inquieta e dolorosa.

Ela repetiu:

– O senhor não é o senhor Sholmes?

Como ele se calava, perplexo e com um pé atrás, ela repetiu pela terceira vez:

– É de fato com o senhor Sholmes que tenho a honra de falar?

– O que deseja de mim? – ele retrucou, bastante rude, suspeitando daquele encontro.

Ela se plantou à sua frente.

– Escute, cavalheiro, é muito grave, sei que o senhor está a caminho da rua Murillo.

– O que está dizendo?

– Sei de tudo... rua Murillo... número 18. Preste atenção, não faça isso... Não vá... Asseguro-lhe que se arrependeria. Não pense que tenho algum interesse na coisa. É em nome da razão, é com toda a consciência.

Ele tentou afastá-la, ela insistiu:

– Oh, por favor, não seja obstinado!... Ah, se eu soubesse como convencê-lo! Olhe bem para mim, no fundo dos meus olhos... são sinceros... dizem a verdade.

Ela oferecia seus olhos ardorosamente, aqueles belos olhos graves e cristalinos, parecendo oferecer a própria alma. Wilson balançou a cabeça:

– A senhorita parece bastante sincera.

– Claro que sim – ela implorou –, os senhores precisam confiar...

– Eu confio, senhorita – replicou Wilson.

– Oh! Como fico feliz! E seu amigo também, não é? Sinto isso... tenho certeza! Que felicidade! Tudo vai se arranjar! Ah, que boa ideia eu tive! Veja, senhor, há um trem para Calais dentro de vinte minutos... Pois bem, o senhor embarcará nele... Depressa, sigam-me. É para esse lado, e os senhores só têm tempo para...

Ela procurava arrastá-lo. Sholmes agarrou-lhe o braço e disse, com uma voz que queria fazer soar tão doce quando possível:

– Desculpe, senhorita, por não poder aquiescer ao seu desejo, mas nunca largo um trabalho no meio.

– Suplico-lhe... suplico-lhe... Ah, se o senhor pudesse compreender!

Ele desistiu e se afastou rapidamente.

Wilson disse à moça:

– Tenha esperança... ele irá até o fim do caso... ainda não há exemplo de ter fracassado...

E alcançou Sholmes, correndo.

HERLOCK SHOLMES – ARSÈNE LUPIN

Essas palavras, que se destacavam em letras grandes e escuras, detiveram-nos assim que deram os primeiros passos. Aproximaram-se; um bando de homens-sanduíche circulava, um atrás do outro, carregando nas mãos pesadas bengalas chumbadas com que batiam na calçada ritmicamente, e, nas costas, enormes cartazes, nos quais era possível ler:

O match *Herlock Sholmes – Arsène Lupin. Chegada do campeão inglês. O grande detetive ataca o mistério da rua Murillo. Leiam os detalhes no* Écho de France.

Wilson balançou a cabeça:

– E então, Herlock, nós que nos gabávamos de trabalhar incógnitos! Não me admiraria se a guarda republicana estivesse nos esperando na rua Murillo e houvesse recepção oficial, com brindes e champanhe.

– Quando se arrisca a ser irônico, Wilson, você vale por dois – grunhiu Sholmes.

Então avançou na direção de um daqueles homens com o nítido propósito de agarrá-lo com suas mãos poderosas e reduzi-lo a pó, ele e sua tabuleta. A multidão, no entanto, aglomerava-se em torno dos cartazes. Faziam piadas e riam.

Reprimindo um furioso acesso de raiva, ele perguntou ao homem:

– Quando o contrataram?

– Hoje de manhã.

– O senhor começou seu passeio?...

– Há uma hora.

– Mas os cartazes estavam prontos?

– Oh, estavam sim… Quando fomos hoje de manhã à agência, já estavam lá.

Quer dizer, Arsène Lupin previra que ele, Sholmes, aceitaria a batalha. E mais, a carta escrita por Lupin era prova de que ele a desejava, estava em seus planos medir-se mais uma vez com o rival. Por quê? Que motivo o levava a recomeçar a luta?

Herlock teve um segundo de hesitação. Era preciso que Lupin tivesse certeza absoluta da vitória para ser tão insolente. Diante disso, acorrer ao primeiro chamado não seria render-se à armadilha?

– Vamos, Wilson. Cocheiro, rua Murillo, 18 – exclamou, num despertar de energia.

E, com as veias saltadas, os punhos cerrados como se fosse entrar num ringue de boxe, ele pulou dentro de um coche.

A rua Murillo passa defronte a luxuosos palacetes, cujas fachadas posteriores têm vista para o parque Monceau. Uma das mais bonitas mansões é a de número 18, e o Barão d'Imblevalle, que mora ali com a mulher e os filhos, mobiliou-a da maneira mais suntuosa, como artista e milionário que era. Um pátio elegante precede o palacete, e dependências de serviço o margeiam à direita e à esquerda. Atrás, um jardim mistura os galhos de suas árvores às árvores do parque.

Após tocar, os dois ingleses atravessaram o pátio e foram recebidos por um criado que os conduziu a um pequeno salão situado na fachada dos fundos.

Sentaram-se e passaram os olhos nos objetos preciosos que decoravam essa alcova.

– Bonitas coisas – murmurou Wilson –, bom gosto e imaginação… Podemos deduzir que os que tiveram tempo para desencavar tais objetos são gente de certa idade… cinquenta anos talvez…

Não terminou. A porta se abriu, e o senhor d'Imblevalle entrou, seguido de sua mulher.

Ao contrário das deduções de Wilson, os dois eram jovens, de aspecto elegante, e intensos nos gestos e nas palavras. Ambos se confundiram em agradecimentos.

– É muito amável de sua parte! Tamanho incômodo! Estamos quase felizes com o problema que vivemos, uma vez que isso nos proporciona o prazer...

"Que sedutores esses franceses!", pensou Wilson, que não fugia de uma constatação verdadeiramente relevante.

– Mas tempo é dinheiro... – exclamou o barão. – Principalmente o seu, senhor Sholmes. Portanto, direto ao ponto. O que pensa do caso? Espera elucidá-lo?

– Para elucidá-lo, preciso primeiro conhecê-lo.

– Não o conhece?

– Não, e peço que me explique as coisas detalhadamente e sem omitir nada. Do que se trata?

– Trata-se de um roubo.

– Em que dia ele se deu?

– No último sábado – replicou o barão –, na noite de sábado para domingo.

– Faz então seis dias. Muito bem, sou todo ouvidos.

– Convém dizer, em primeiro lugar, senhor, que minha mulher e eu, embora adaptados ao estilo de vida que nossa situação requer, saímos pouco. A educação de nossos filhos, algumas recepções e o embelezamento de nossa casa, eis a existência para nós, e todas as noites, ou quase, transcorrem aqui, neste aposento que é a alcova de minha mulher e onde reunimos alguns objetos de arte. No último sábado, portanto, por volta das onze horas, apaguei a luz e, como de hábito, minha mulher e eu nos retiramos para o nosso quarto.

– Que fica?...

– Ao lado, esta porta que o senhor vê. No dia seguinte, isto é, domingo, levantei cedo. Como Suzanne, minha mulher, ainda dormia, entrei nesta alcova o mais discretamente possível para não a acordar. Qual não foi meu espanto ao constatar que essa janela estava aberta, quando, na noite da véspera, a havíamos fechado!

– Um criado...

– Ninguém entra aqui de manhã antes de chamarmos. Além disso, tomo sempre a precaução de empurrar o ferrolho dessa segunda porta, que se comunica com a antecâmara. Logo, a janela fora de fato aberta pelo lado de fora. Tive aliás a prova disso: o segundo vidro da janela da direita, perto do puxador, fora cortado.

– E essa janela?

– A janela, como pode constatar, dá para um pequeno terraço delimitado por uma sacada de pedra. Estamos aqui no primeiro andar, e o senhor vê o jardim que se estende atrás da casa e o portão que o separa do parque Monceau. Temos então certeza de que o homem veio do parque Monceau, pulou o portão com a ajuda de uma escada e subiu até o terraço.

– Certeza, o senhor diz?

– Encontramos de ambos os lados do portão, na terra fofa dos canteiros, buracos deixados pelas duas hastes da escada, e os dois mesmos buracos existiam ao pé do terraço. Enfim, foram detectados dois leves arranhões, na sacada, causados evidentemente pelo contato das hastes.

– O parque Monceau não fica fechado à noite?

– Fechado não, mas, mesmo assim, há uma casa em construção no número 14. Seria fácil entrar por ali.

Herlock Sholmes refletiu um momento e continuou:

– Vamos ao roubo.

Ele teria sido cometido no aposento onde nos encontramos?

– Sim. Havia, entre essa Virgem do século XII e esse tabernáculo em prata cinzelada, uma pequena lâmpada judaica. Ela desapareceu.

– E foi tudo?

– Tudo.

– Hum, hum!... E o que vem a ser uma lâmpada judaica?

ARSÈNE LUPIN CONTRA HERLOCK SHOLMES

– São luminárias de cobre usadas antigamente, compostas de uma alça e um recipiente onde se colocava o azeite. Desse recipiente saíam dois ou três bicos destinados às mechas.

– Resumindo, são objetos sem grande valor.

– Com efeito, sem grande valor. Mas essa lâmpada tinha um esconderijo onde costumávamos guardar uma magnífica joia antiga, uma quimera de ouro, incrustada com rubis e esmeraldas e que valia muito.

– Por que esse costume?

– Juro, cavalheiro, eu não saberia explicar. Talvez a simples diversão de utilizar um esconderijo desse gênero.

– Ninguém o conhecia?

– Ninguém.

– Exceto, evidentemente, o ladrão da quimera... – objetou Sholmes. – Sem o que ele não teria se dado ao trabalho de roubar a lâmpada judaica.

– Evidentemente. Mas como ele podia conhecê-lo, uma vez que foi o acaso que nos revelou o mecanismo secreto dessa lâmpada?

– O mesmo acaso pôde revelá-lo a alguém... um criado... um frequentador da casa... Mas continuemos: a justiça foi avisada?

– Sem dúvida. O juiz de instrução fez sua investigação. Os repórteres policiais vinculados a todos os grandes jornais fizeram a deles. Mas, como lhe escrevi, parece que o problema não tem nenhuma chance de vir a ser solucionado.

Sholmes se levantou, dirigiu-se à janela, examinou o vidro, o terraço, a sacada, recorreu à sua lupa para estudar os dois arranhões na pedra e pediu ao senhor d'Imblevalle que o conduzisse ao jardim.

Lá fora, Sholmes simplesmente sentou numa poltrona de vime e observou o telhado da casa com um olhar pensativo. Em seguida, dirigiu-se subitamente aos dois pequenos caixotes com os quais haviam coberto, a fim de conservar a marca exata, os buracos deixados ao pé do terraço pelas hastes da escada. Retirou os caixotes, pôs-se de joelhos no chão, curvando-se até ficar com o nariz a vinte centímetros do solo, fuçou e tomou medidas. Repetiu a operação ao longo do portão, porém menos demoradamente.

Estava terminado.

Os dois homens retornaram à alcova, onde os esperava a senhora d'Imblevalle.

Sholmes manteve-se calado por alguns minutos ainda, depois pronunciou estas palavras:

– Desde o início do seu relato, senhor barão, fiquei impressionado com o lado simples do golpe. Apoiar uma escada, cortar o vidro de uma janela, escolher um objeto e ir embora?... Não, as coisas não se passam com tanta facilidade. Tudo isso é claro demais, cristalino demais.

– De modo que...

– De modo que o roubo da lâmpada judaica foi cometido sob a supervisão de Arsène Lupin.

– Arsène Lupin! – exclamou o barão.

– Mas foi cometido sem a sua participação, sem que ninguém entrasse na casa... Um criado talvez possa ter descido de sua mansarda no terraço, ao longo de uma calha que percebi do jardim.

– Mas com que provas?...

– Arsène Lupin não teria saído da alcova com as mãos vazias.

– Mãos vazias! E a lâmpada?

– Pegar a lâmpada não o teria impedido de pegar essa tabaqueira adornada com diamantes ou esse colar de opalas antigas. Bastavam-lhe dois gestos a mais. Se ele não os executou, é porque não viu.

– Mas e os indícios detectados?

– Comédia! Encenação para desviar as suspeitas.

– Os arranhões na balaustrada?

– Mentira! Foram produzidos com uma lixa. Veja, eis alguns resíduos que recolhi.

– As marcas deixadas pelas hastes da escada?

– Piada! Examine os dois buracos retangulares ao pé do terraço e os dois buracos situados junto ao portão. Sua forma é semelhante, mas, paralelos aqui, lá deixam de sê-lo. Meça a distância que separa cada buraco do vizinho. A distância muda conforme o lugar. Ao pé do terraço, é de 23 centímetros. Ao longo do portão, é de 28 centímetros.

– E disso o senhor conclui...

– Concluo, uma vez que sua forma é idêntica, que os quatro buracos foram feitos com a ajuda de um único pedaço de madeira adequadamente modelado.

– A melhor comprovação seria o próprio pedaço de madeira.

– Ei-lo – disse Sholmes –, recolhi-o no jardim, sob o vaso de um loureiro.

O barão se inclinou. Havia quarenta minutos que o inglês atravessara o umbral daquela porta, e não restava mais nada de tudo que haviam estabelecido até ali com base nos fatos manifestos. Surgia a realidade, uma outra realidade, fundada em algo muito mais sólido: o raciocínio de um Herlock Sholmes.

– A acusação que o senhor lança contra o nosso pessoal é muito grave, senhor – protestou a baronesa. – Nossos criados são antigos servidores da família e nenhum deles é capaz de nos trair.

– Se um deles não os traiu, como explicar que essa carta tenha chegado no mesmo dia, e pelas mãos do mesmo carteiro, que aquela que os senhores me escreveram?

E ele estendeu a carta que Arsène Lupin lhe dirigira. A senhora d'Imblevalle ficou estupefata.

– Arsène Lupin... como ele soube?

– Não informou a ninguém de sua carta?

– Ninguém – disse o barão –, foi uma ideia que tivemos à mesa, na outra noite.

– Na frente dos criados?

– Só havia nossas duas filhas. Aliás, não... Sophie e Henriette não estavam mais à mesa, não é, Suzanne?

A senhora d'Imblevalle refletiu e afirmou:

– Com efeito, já estavam com a senhorita.

– Senhorita? – indagou Sholmes.

– A governanta, senhorita Alice Demun.

– Essa pessoa então não faz as refeições com os senhores?

– Não, ela é servida à parte, em seu quarto. Wilson teve uma ideia.

– A carta escrita ao meu amigo Herlock Sholmes foi posta no correio.

– Naturalmente.

– Quem então a levou?

– Dominique, meu criado de quarto há vinte anos – respondeu o barão. – Qualquer desconfiança nessa direção seria tempo perdido.

– Nunca se perde tempo quando se procura – sentenciou Wilson, solenemente.

O interrogatório inicial estava terminado. Sholmes pediu permissão para se retirar.

Uma hora depois, no jantar, ele conheceu Sophie e Henriette, as duas filhas dos d'Imblevalle, duas bonitas meninas de oito e seis anos. Conversaram pouco. Sholmes respondeu às amabilidades do barão e de sua mulher com um ar tão carrancudo que eles optaram pelo silêncio. Serviu-se o café. Sholmes engoliu o conteúdo de sua xícara e se levantou.

Nesse momento, um criado entrou, trazendo uma mensagem passada por telefone e dirigida ao detetive. Ele abriu e leu:

Transmito-lhe minha admiração entusiasta. Os resultados obtidos pelo senhor em tão pouco tempo são prodigiosos. Estou perplexo.

Arpin Lusène.

Com um gesto de irritação, ele mostrou a mensagem ao barão:

– Acredita agora, senhor, que suas paredes têm olhos e ouvidos?

ARSÈNE LUPIN CONTRA HERLOCK SHOLMES

– Não estou entendendo nada – balbuciou o senhor d'Imblevalle, atônito.

– Nem eu. O que compreendo é que nenhum movimento é feito aqui sem que seja percebido por ele. Nenhuma palavra é pronunciada sem que ele ouça.

Naquela noite, Wilson dormiu com a consciência tranquila de quem cumpriu seu dever e não tem outra missão a não ser dormir. Assim, dormiu muito rápido e teve belos sonhos, nos quais perseguia Lupin sozinho e se preparava para detê-lo com as próprias mãos, e a sensação dessa perseguição era tão nítida que despertou.

Alguém roçava em sua cama. Ele pegou o revólver.

– Mais um gesto, Lupin, e eu atiro.

– Diabos! Que precipitação, velho camarada!

– Como? É você, Sholmes?! Precisa de mim?

– Preciso dos seus olhos. Levante-se... Levou-o até a janela.

– Veja... do outro lado do portão...

– No parque?

– Sim. Não vê nada?

– Não vejo nada.

– Sim, você vê alguma coisa.

– Ah, com efeito, uma sombra... duas até.

– Não é mesmo? Encostadas no portão... Repare, estão se mexendo. Não percamos mais tempo.

Às apalpadelas, guiando-se pelo corrimão, desceram a escada e saíram num cômodo que dava para a escada do jardim. Através dos vidros da porta, perceberam os dois vultos no mesmo lugar.

– É curioso – disse Sholmes –, tenho a impressão de ouvir barulho na casa.

– Na casa? Impossível! Todos dormem.

– Em todo caso, escute...

Nesse momento, um tênue assobio vibrou do lado do portão. Eles perceberam uma luz difusa que parecia vir da mansão.

– Os d'Imblevalle devem ter acendido a luz – murmurou Sholmes. – É o quarto deles que fica em cima do nosso.

– Sem dúvida foram eles que ouvimos – concordou Wilson. – Talvez estejam vigiando o portão.

Um segundo assobio, ainda mais discreto.

– Não compreendo, não compreendo – disse Sholmes, irritado.

– Eu tampouco – confessou Wilson.

Sholmes girou a chave da porta, tirou o ferrolho e empurrou delicadamente o batente.

Um terceiro assobio, este um pouco mais alto e modulado de outra forma. Acima de sua cabeça, o barulho se acentuou, precipitou-se.

– Está parecendo vir do terraço da alcova – sussurrou Sholmes.

Ele passou a cabeça pelo vão, mas imediatamente recuou, reprimindo um palavrão. Foi a vez de Wilson olhar. Rente a eles, uma escada achava-se recostada na parede, apoiada no balcão da sacada.

– Oh, mas é claro – constatou Sholmes –, há alguém na alcova! Eis o que ouvíamos. Rápido, retiremos a escada.

Nesse instante, porém, uma forma deslizou de cima para baixo, a escada foi retirada e o homem que a carregava correu a toda a pressa na direção do portão, onde seus cúmplices o esperavam. Num pulo, Sholmes e Wilson dispararam. Alcançaram o homem quando ele apoiava a escada no portão. Do outro lado, dois tiros foram disparados.

– Ferido? – gritou Sholmes.

– Não – respondeu Wilson.

Este agarrou o torso do homem e tentou imobilizá-lo. Mas o homem voltou-se, agarrou-o com uma das mãos e com a outra mergulhou uma faca no meio do seu peito. Wilson exalou um suspiro, vacilou e caiu.

– Maldição! – berrou Sholmes. – Se o mataram, eu mato.

Ele deitou Wilson no gramado e correu para a escada. Tarde demais...

ARSÈNE LUPIN CONTRA HERLOCK SHOLMES

O homem a subira e, recebido por seus cúmplices, fugia por entre os arbustos.

– Wilson, Wilson, nada grave, hein? Um simples arranhão.

As portas da mansão se abriram bruscamente. O senhor d'Imblevalle apareceu primeiro, depois os criados, trazendo velas.

– O quê? O que há? – exclamou o barão. – O senhor Wilson está ferido?

– Nada, um simples arranhão – repetiu Sholmes, procurando se iludir.

O sangue corria em abundância e o rosto do ferido estava lívido.

O médico, vinte minutos depois, constatava que a ponta da faca parara a quatro milímetros do coração.

– Quatro milímetros do coração! Esse Wilson sempre teve sorte – concluiu Sholmes, num tom de inveja.

– Sorte... sorte... – resmungou o médico.

– Ora, com sua robusta constituição, ele vai se safar...

– Com seis semanas de cama e dois meses de convalescença.

– Não mais que isso?

– Não, a menos que haja complicações.

– Por que diabos está sugerindo que haverá complicações?

Totalmente tranquilizado, Sholmes juntou-se ao barão na alcova. Dessa vez, o misterioso visitante não exibira a mesma discrição. Sem pudor, furtara a tabaqueira guarnecida de diamantes, o colar de opalas e, de maneira geral, tudo que podia caber nos bolsos de um honesto assaltante.

A janela continuava aberta, um dos vidros havia sido literalmente cortado e, quando já amanhecia, um inquérito sumário, estabelecendo que a escada provinha da casa em construção, indicou o caminho que haviam seguido.

– Em suma – disse o senhor d'Imblevalle com alguma ironia –, é a repetição exata do roubo da lâmpada judaica.

– Sim, se aceitarmos a primeira versão adotada pela justiça.

– Continua a refutá-la? Esse segundo roubo não abala sua opinião sobre o primeiro?

– Confirma-a, cavalheiro.

– Será possível! O senhor tem a prova irrefutável de que a agressão dessa noite foi cometida por alguém de fora e persiste em sustentar que a lâmpada judaica foi subtraída por alguém do nosso círculo?

– Por alguém que mora nesta casa.

– Então como explica?...

– Eu não explico nada, cavalheiro, constato dois fatos que não têm um com o outro senão relações de aparência, julgo-os isoladamente, e procuro o laço que os une.

Sua convicção parecia tão profunda, sua maneira de agir fundada em motivos tão fortes, que o barão se rendeu:

– Que seja. Vamos avisar o comissário...

– Em hipótese alguma! – exclamou enfaticamente o inglês. – Em hipótese alguma! Pretendo me dirigir a essas pessoas apenas quando precisar delas.

– Mas e os tiros?...

– Não interessa!

– Seu amigo?...

– Meu amigo só está ferido... Faça com que o médico se cale. Respondo por tudo do lado da justiça.

Passaram dois dias sem quaisquer incidentes, mas durante os quais Sholmes prosseguiu seu trabalho com um cuidado minucioso e o amor-próprio exasperado pela lembrança da audaciosa agressão, executada diante de seus olhos, a despeito de sua presença, e sem o que ele pudesse fazer para evitá-la. Infatigável, o detetive vasculhou a mansão e o jardim, conversou com os criados e fez longas incursões na cozinha e no estábulo. Embora não recolhesse nenhum indício que o esclarecesse, ele não esmoreceu.

"Acharei", pensava, "e é aqui que acharei. Não se trata, como no caso da Mulher Loura, de caminhar ao acaso e alcançar, por caminhos que eu ignorava, um objetivo desconhecido. Dessa vez estou no próprio campo de batalha. O inimigo não é mais apenas o intangível e invisível Lupin, é o cúmplice de carne e osso que vive e se move nos limites desse palacete. O mais ínfimo detalhe, e estou feito."

Esse detalhe, do qual ele devia obter a esperada consequência, e com uma habilidade tão prodigiosa que podemos considerar o caso da lâmpada judaica um daqueles em que brilha mais vitoriosamente seu gênio de policial, esse detalhe, foi o acaso que forneceu.

Na tarde do terceiro dia, ao entrar na sala situada acima da alcova, que servia de sala de estudos para as crianças, ele encontrou Henriette, a irmã mais nova. Procurava sua tesoura.

– Sabe – ela disse a Sholmes –, também faço papéis como você recebeu a outra noite.

– A outra noite?

– É, no fim do jantar. Você recebeu um papel com tiras em cima... você sabe, um telegrama... Pois então, também sei fazer.

Ela saiu. Para qualquer outro, essas palavras não teriam significado nada senão a banal reflexão de uma criança, e Sholmes, por sua vez, escutou-as com um ouvido distraído enquanto fazia sua inspeção. Mas, de repente, começou a correr atrás da criança cuja última frase tanto o impressionou. Alcançou-a no topo da escada e lhe perguntou:

– Quer dizer que você também cola tiras no papel?

Henriette, toda prosa, declarou:

– Claro que sim, corto palavras e colo.

– E quem lhe ensinou esse joguinho?

– A senhorita... minha governanta... Eu a vi fazendo igual. Ela recorta palavras dos jornais e cola.

– E o que ela faz com isso?

– Telegramas, cartas que ela manda.

Herlock Sholmes voltou à sala de estudos, singularmente intrigado por essa confidência e se esforçando em extrair dela as deduções que comportava.

Havia um maço de jornais sobre a lareira. Ele os abriu e, com efeito, viu grupos de palavras ou linhas que faltavam, retiradas com precisão e minúcia. Mas bastou que lesse as palavras que as precediam ou seguiam para constatar que as palavras ausentes haviam sido recortadas ao acaso da tesoura, por Henriette evidentemente. Era possível que, no maço dos jornais, houvesse um que a senhorita tivesse recortado pessoalmente. Mas como ter certeza disso?

De modo mecânico, Herlock folheou os livros escolares empilhados sobre a mesa, depois outros que repousavam nas prateleiras de uma estante. E súbito deu um grito de alegria. Num canto dessa estante, sob velhos cadernos amontoados, encontrara um álbum para crianças, um alfabeto ilustrado, e, numa das páginas desse álbum, topou com um espaço vazio.

Verificou. Era a nomenclatura dos dias da semana. Segunda-feira, terça-feira, quarta-feira etc. Faltava a palavra sábado. Ora, o roubo da lâmpada judaica acontecera na noite de um sábado.

Herlock sentiu aquele ligeiro aperto do coração que sempre lhe anunciava, da maneira mais clara, ter chegado ao âmago de uma intriga. Esse frêmito da verdade, essa emoção da certeza, nunca o enganava.

Nervoso e confiante, folheou imediatamente o álbum. Um pouco adiante, outra surpresa o esperava.

Era uma página que estampava letras maiúsculas, seguidas por uma linha de algarismos.

Nove dessas letras e três desses algarismos haviam sido retirados cuidadosamente.

Sholmes escreveu-os na sua caderneta, seguindo as lacunas pela ordem, e obteve o seguinte resultado:

CDEHNOPRS-237

– Diabos – murmurou –, a princípio isso não significa muita coisa.

Seria possível, misturando aquelas letras e usando todas elas, formar uma, ou duas, ou três palavras completas?

Sholmes tentou isso em vão.

Uma única solução se impunha a ele, que voltava incessantemente ao seu lápis, e que, com o tempo, lhe pareceu a verdadeira, tanto porque correspondia à lógica dos fatos, como porque coincidia com as circunstâncias gerais.

Dado que a página do álbum não comportava senão uma única vez cada uma das letras do alfabeto, era provável, era certo que estava em presença de palavras incompletas e que essas palavras haviam sido completadas por letras retiradas de outras páginas. Nessas condições, e salvo erro, o enigma se colocava assim:

RESPOND. CH 237

A primeira palavra era clara: responde com um E faltando porque a letra E, já empregada, não estava mais disponível.

Quanto à segunda palavra inacabada, indubitavelmente, formava junto com o número 237 o endereço que o remetente fornecia ao destinatário da carta. Propunha-se primeiro estabelecer o dia no sábado e pedia-se uma resposta para o endereço CH.237.

Ou CH.237 era a senha de uma caixa postal ou as letras CH faziam parte de uma palavra incompleta. Sholmes folheou o álbum: nenhum outro recorte fora efetuado nas páginas seguintes. Logo, era preciso, até nova ordem, ater-se à explicação encontrada.

– Divertido, não é mesmo?

Henriette voltara. Ele respondeu:

– E como! Mas não tem outros papéis?... Ou palavras já recortadas e que você poderia colar?

– Papéis? Não... E, depois, a senhorita não ficaria contente.

– A senhorita?

– É, ela já me deu uma bronca.

– Por quê?

– Porque eu lhe contei coisas… Ela disse que é feio contar coisas sobre quem a gente gosta.

– Você tem toda a razão.

Henriette pareceu deslumbrada com a aprovação, tão deslumbrada que tirou de uma bolsinha de pano, presa no seu vestido, alguns berloques, três botões, dois torrões de açúcar e, finalmente, um quadrado de papel que ela estendeu a Sholmes.

– Tome, dou para você mesmo assim. Era o número de uma charrete, a 8279.

– De onde vem esse número?

– Caiu do porta-moedinhas dela.

– Quando?

– Domingo, na missa, quando ela pegava uns centavos para a igreja.

– Perfeito. E agora vou lhe ensinar um jeito de não se "levar bronca". Não conte à senhorita que se encontrou comigo.

Sholmes foi procurar o senhor d'Imblevalle e interrogou-o explicitamente sobre a senhorita.

O barão teve um choque.

– Alice Demun! Por acaso está pensando… Isso é impossível.

– Há quanto tempo ela está a seu serviço?

– Um ano somente, porém não conheço ninguém mais tranquilo e em quem eu deposite mais confiança.

– Como é possível que eu ainda não a tenha visto?

– Ela se ausentou por dois dias.

– E agora?

– Assim que voltou, tomou a iniciativa de instalar-se à cabeceira do seu amigo. Ela tem todas as qualidades de uma enfermeira… doce… atenciosa… O senhor Wilson parece encantado com ela.

– Ah! – reagiu Sholmes, que se esquecera completamente de obter notícias do velho camarada.

Refletindo, perguntou:

- E no domingo de manhã, ela saiu?
- No dia seguinte ao roubo?
- Sim.

O barão chamou sua mulher e lhe fez a pergunta. Ela respondeu:

- A senhorita, como sempre, saiu para ir à missa das onze com as crianças.
- Mas e antes?
- Antes? Não... ou melhor... Eu estava tão transtornada com esse roubo! Entretanto, lembro que na véspera ela tinha me pedido autorização para sair no domingo de manhã... ia encontrar uma prima de passagem por Paris, acho. Mas suponho que não suspeite dela...
- Claro que não... Mas gostaria de encontrá-la.

Ele subiu até o quarto de Wilson. Uma mulher, vestindo, como as enfermeiras, um longo vestido de algodão cinzento, estava curvada sobre o doente e lhe dava de beber. Quando ela se voltou, Sholmes reconheceu a jovem que o abordara em frente à Gare du Nord.

Não houve entre eles a menor explicação. Alice Demun sorriu docemente, com seus olhos sedutores e graves, sem nenhum constrangimento. O inglês quis falar, esboçou algumas sílabas e se calou. Então ela voltou aos seus afazeres, andando pelo quarto tranquilamente, sob o olhar perplexo de Sholmes. Mexeu nuns frascos, desenrolou e enrolou faixas de gaze, e de novo lhe dirigiu um sorriso impávido.

Ele girou nos calcanhares, desceu, percebeu no pátio o automóvel do senhor d'Imblevalle, instalou-se nele e pediu para ser levado a Levallois, ao depósito de coches, cujo endereço estava marcado no recibo do fiacre fornecido pela criança. O cocheiro Duprêt, que conduzia o 8279 na manhã de domingo, não estando lá, Sholmes mandou de volta o automóvel e esperou até a hora da troca de turno.

O cocheiro Duprêt disse que realmente "carregara" uma mulher até as cercanias do parque Monceau. Uma jovem de vestido preto, com um buquê de violetas e que parecia muito agitada.

– Ela carregava um embrulho?

– Sim, um embrulho bastante comprido.

– E o senhor a levou?...

– Até a avenida des Ternes, na esquina da praça Saint-Ferdinand. Ela ficou ali uns dez minutos e depois retornamos ao parque Monceau.

– O senhor reconheceria a casa da avenida des Ternes?

– Claro que sim! Quer que o leve até lá?

– Agora mesmo. Mas primeiro vamos passar no Quai des Orfèvres, 36.

Na Chefatura de Polícia, ele teve a sorte de encontrar imediatamente o inspetor-chefe Ganimard.

– Senhor Ganimard, está livre?

– Se se tratar de Lupin, não.

– Trata-se de Lupin.

– Então não me mexo.

– Como assim? Então está desistindo...

– Desisto do impossível! Cansei de uma luta desigual, em que temos certeza de ficar por baixo. É covarde, é absurdo, tudo que quiser... pouco me importa! Lupin é mais forte do que nós. Diante disso, só nos resta curvar.

– Eu não me curvo.

– Ele o curvará, ao senhor como aos outros.

– Pois pense bem, assistir a tal espetáculo não lhe daria um imenso prazer?

– Ah, isso é verdade – reconsiderou Ganimard, com ingênua sinceridade. – E, uma vez que ainda não apanhou o suficiente, vamos.

Os dois subiram no fiacre. A uma ordem, o cocheiro largou-os um pouco antes da casa, na avenida des Ternes, do outro lado da rua, num pequeno café em cuja varanda se sentaram, entre loureiros e evônimos. O dia começava a morrer.

– Garçom – chamou Sholmes –, traga-me alguma coisa para escrever.

Após escrever, chamou o garçom de novo:

ARSÈNE LUPIN CONTRA HERLOCK SHOLMES

– Leve esta carta ao porteiro dessa casa aí em frente. É evidentemente o homem de boné que está fumando sob a porta-cocheira.

O porteiro veio até eles, e, tendo Ganimard anunciado seu título de inspetor-chefe, Sholmes perguntou se, na manhã de domingo, estivera ali uma jovem dama vestida de preto.

– De preto? Sim, por volta das nove horas... A moça que vai ao segundo andar.

– O senhor a vê com frequência?

– Não, porém de uns tempos para cá tenho visto mais... Na última quinzena, quase diariamente.

– E desde domingo?

– Só uma vez... sem contar hoje.

– Como? Ela veio?

– Ela está aqui.

– Ela está aqui?

– Chegou há uns dez minutos. O coche espera-a na praça Saint-Ferdinand, como de hábito. Cruzei com ela na porta.

– E quem aluga o segundo andar?

– São dois inquilinos, uma modista, a senhorita Langeais, e certo cavalheiro, que há um mês alugou dois quartos mobiliados, sob o nome de Bresson.

– Por que diz "sob o nome"?

– Por pura cisma, acho que é um nome falso. Minha mulher faz a faxina na casa dele: pois bem, não há duas camisas em que os monogramas bordados sejam os mesmos.

– Como ele vive?

– Oh! Praticamente na rua. Há três dias não pisa em casa.

– Ele voltou na noite de sábado para domingo?

– Na noite de sábado para domingo? Espere, deixe-me pensar... Sim, no sábado à noite ele voltou e não saiu mais.

– E como ele é fisicamente?

– Juro que não saberia dizer. Ele muda tanto! É alto, baixo, gordo, magro... moreno e louro. Nem sempre o reconheço.

Ganimard e Sholmes entreolharam-se.

– É ele – murmurou o inspetor-chefe. – Sem tirar nem pôr.

O velho policial viveu realmente um momento de perturbação, traduzido por um bocejo e uma crispação dos punhos.

Sholmes, embora mais senhor de si, também sentiu um aperto no coração.

– Vejam – disse o porteiro –, eis a moça.

A senhorita com efeito aparecia na soleira da porta e atravessava a praça.

– E eis o senhor Bresson.

– O senhor Bresson? Qual?

– O que carrega um embrulho embaixo do braço.

– Mas ele não parece acompanhá-la. Ela está voltando sozinha para o seu coche.

– Ah, tem isso, eu nunca os vi juntos.

Os dois policiais se levantaram precipitadamente. À luz dos postes, haviam reconhecido o vulto de Lupin, que se afastava na direção oposta à praça.

– Quem o senhor prefere seguir? – perguntou Ganimard.

– Ele, claro! É a caça graúda.

– Então vou atrás da senhorita – propôs Ganimard.

– Não, não – disse apressadamente o inglês, que não queria revelar nada do caso a Ganimard. – A senhorita, eu sei onde encontrar... Não saia de perto de mim.

A distância, momentaneamente misturando-se ao fluxo dos pedestres e quiosques, os dois puseram-se na perseguição de Lupin. Perseguição fácil, aliás, pois ele não olhava para trás e caminhava a passos rápidos, mancando ligeiramente da perna direita, tão ligeiramente que era preciso o olho calejado de um observador para perceber o fato. Ganimard disse:

ARSÈNE LUPIN CONTRA HERLOCK SHOLMES

– Ele está fingindo que manca.

E continuou:

– Ah, se pudéssemos juntar dois ou três agentes e capturar já o nosso homem! Corremos o risco de perdê-lo.

Mas nenhum guarda apareceu antes de passarem pela Porta des Ternes, e, já do outro lado, desistiram de contar com algum auxílio.

– Vamos nos separar – decidiu Sholmes. – O lugar está deserto.

Era o bulevar Victor-Hugo. Cada qual ficou com uma calçada e avançou, acompanhando o renque das árvores.

Seguiram assim por vinte minutos, até o momento em que Lupin dobrou à esquerda e margeou o Sena. Lá, viram-no descer até a beira do rio. Ficou ali alguns segundos sem que lhes fosse possível distinguir o que fazia. Em seguida, subiu o barranco e voltou por onde viera. Os detetives se esconderam entre os pilares de um portão. Lupin passou por eles. Não carregava mais nenhum embrulho.

Enquanto se afastava, outro indivíduo surgiu de uma reentrância da casa e se esgueirou entre as árvores.

Sholmes disse baixinho:

– Parece estar seguindo-o também.

– Sim, tenho a impressão de ter visto esse homem na ida.

A caçada recomeçou, embora complicada pela presença do indivíduo. Seguindo pelo mesmo caminho, Lupin atravessou novamente a Porta des Ternes e retornou ao prédio da praça Saint-Ferdinand.

O porteiro estava em seu posto quando Ganimard se apresentou.

– O senhor o viu, não foi?

– Sim, eu estava apagando o gás da escada, ele empurrou o ferrolho de sua porta.

– Há alguém com ele?

– Ninguém, nenhum criado... Ele nunca faz as refeições aqui.

– Não existe uma escada de serviço?

– Não.

Ganimard disse a Sholmes:

– O mais simples é eu me instalar na própria porta de Lupin, enquanto o senhor vai chamar o comissário de polícia da rua Demours. Escreverei um bilhete para ele.

Sholmes objetou:

– E se ele escapar nesse ínterim?

– Eu não disse que vou ficar?...

– Um contra um, a luta é desigual com ele.

– Em todo caso, não posso arrombar seu domicílio, não tenho esse direito, principalmente à noite.

Sholmes deu de ombros.

– Quando o senhor tiver detido Lupin, não o questionarão sobre as circunstâncias da prisão. Aliás, pense bem! Basta tocar a campainha. Veremos então o que vai acontecer.

Nenhum barulho. Tocou novamente. Ninguém.

– Entremos – murmurou Sholmes.

– Sim, vamos.

No entanto, permaneceram imóveis, vacilantes. Como pessoas que hesitam no momento de realizar um ato decisivo, temiam agir, e pareceu-lhes subitamente impossível que Arsène Lupin estivesse ali, tão perto, atrás daquela frágil divisória que um soco podia derrubar. Ambos conheciam bem demais o diabólico personagem para admitir que ele se deixasse agarrar de modo tão estúpido. Não, não, mil vezes não, Lupin não estava mais ali. Pelas casas contíguas, pelos telhados, por uma determinada saída convenientemente preparada, devia ter fugido, e, mais uma vez, capturariam apenas uma sombra.

Sentiram um arrepio. Um ruído imperceptível, do outro lado da porta, pareceu roçar o silêncio. Tiveram a impressão, a certeza, de que afinal de contas ele estava ali, separado pela tênue divisória de madeira, e que os escutava, que os ouvia.

ARSÈNE LUPIN CONTRA HERLOCK SHOLMES

O que fazer? A situação era trágica. A despeito do sangue-frio de policiais tarimbados, os dois viviam uma emoção tão grande que imaginavam sentir seus corações batendo.

Com o rabo do olho, Ganimard consultou Sholmes. Então, violentamente, com um soco, fez estremecer o batente da porta.

Novo ruído de passos, um que agora não procurava mais se dissimular... Ganimard sacudiu a porta. Sholmes, projetando o ombro com um impulso irresistível, derrubou-a. Em seguida, investiram.

Estacaram. Um tiro reverberou no cômodo ao lado. Mais um, e o barulho de um corpo caindo...

Quando entraram, viram o homem estendido, a face colada no mármore da lareira. Teve uma convulsão. O revólver caiu de sua mão.

Ganimard se debruçou e virou a cabeça do defunto. Estava coberta de sangue, que escorria de dois grandes ferimentos, um na face, outro na têmpora.

– Está irreconhecível – murmurou.

– Claro! – reagiu Sholmes. – Não é ele.

– Como sabe? Nem sequer o examinou.

O inglês riu:

– Acha que Arsène Lupin seria capaz de se matar?

– No entanto, achamos que era ele enquanto estava na rua...

– Achamos porque queríamos achar. Esse homem nos deixa atordoados.

– Então é um de seus cúmplices.

– Os cúmplices de Arsène Lupin não se matam.

– Então quem é?

Revistaram o cadáver. Num dos bolsos, Herlock Sholmes encontrou uma carteira vazia, em outro Ganimard encontrou alguns luíses. Na ceroula, nenhuma etiqueta, tampouco nas roupas.

Nos baús – um baú grande e duas malas –, nada senão pertences pessoais. Sobre a lareira, um maço de jornais. Ganimard abriu-os. Todos falavam do roubo da lâmpada judaica.

Maurice Leblanc

Uma hora depois, ao deixarem o local, Ganimard e Sholmes continuavam sem saber muita coisa sobre o singular personagem que haviam impelido ao suicídio.

Quem era? Por que se matara? Que elo o associava ao caso da lâmpada judaica? Quem o seguira durante seu passeio? Quantas perguntas, uma mais complexa que a outra... Quantos mistérios...

Herlock Sholmes foi deitar-se de péssimo humor. Ao acordar, recebeu um telegrama nos seguintes termos:

Arsène Lupin tem a honra de lhes participar sua trágica morte na pessoa do senhor Bresson, e convidá-los para assistir às suas exéquias, missa e enterro, a serem realizados às expensas do Estado, quinta-feira, 25 de junho.

2

– Veja, meu velho camarada – dizia Sholmes a Wilson, agitando o telegrama de Arsène Lupin –, o que me exaspera nesta aventura é sentir continuamente o olho desse demoníaco *gentleman* pousar em mim. Nenhum dos meus pensamentos mais secretos lhe escapa. Comporto-me como um ator cujos passos são todos determinados por uma encenação rigorosa, que anda até certo ponto e diz certa frase porque assim o quis uma vontade superior. Você me entende, Wilson?

Wilson certamente o teria entendido se não estivesse dormindo o sono profundo de um homem cuja temperatura oscila entre quarenta e um e quarenta e dois graus. Mas, ele ouvindo ou não, isso não tinha nenhuma importância para Sholmes, que continuou:

– Preciso recorrer a toda a minha energia e pôr em prática todos os meus recursos para não desanimar. Por sorte, no meu caso, essas pequenas zombarias são meras alfinetadas que me estimulam. Aplacado o ardor da picada, cicatrizada a ferida no amor-próprio, sempre consigo dizer: "Divirta-se enquanto pode, meu caro. Mais cedo ou mais tarde, você mesmo se trairá". Pois, afinal, Wilson, não foi Lupin, com sua primeira mensagem e a reflexão que ela sugeriu à pequena Henriette, que me entregou o segredo de sua correspondência com Alice Demun? Está se esquecendo desse detalhe, velho camarada.

Ele circulava pelo quarto, com passadas sonoras, ameaçando acordar o velho camarada.

– Enfim! As coisas não vão tão mal e, se os caminhos em que me encontro são um pouco escuros, começo a me achar neles. Em primeiro lugar, vou me concentrar no senhor Bresson. Ganimard e eu logo iremos à beira do Sena, ao lugar onde Bresson jogou fora seu embrulho, e o papel do cavalheiro nos será revelado. De resto, é uma partida a ser jogada entre Alice Demun e eu. É um adversário de pequena envergadura, hein, Wilson? E não acha que daqui a pouco desvendarei a frase do álbum e o significado das duas letras isoladas, o C e o H? Pois tudo reside aí, Wilson.

A senhorita entrou no mesmo instante e, percebendo Sholmes, que gesticulava, advertiu-o gentilmente:

– Senhor Sholmes, terei de repreendê-lo se acordar meu doente. Ele não deve ser perturbado. O médico recomendou repouso absoluto.

Ele a contemplava sem uma palavra, espantado, como no primeiro dia, com sua calma inexplicável.

– Por que está me olhando assim, senhor Sholmes? Nada? Claro que há... O senhor parece estar sempre desconfiando de alguma coisa... O que é? Responda, por favor.

Ela o interrogava com sua fisionomia franca, seus olhos ingênuos, sua boca risonha, e com todos os seus movimentos também, pois juntara as mãos e projetara o busto ligeiramente. Havia nela tanta candura que o inglês sentiu raiva. Aproximou-se e lhe disse baixinho:

– Bresson se matou ontem.

Ela repetiu, sem parecer compreender:

– Bresson se matou ontem...

De fato, nenhum espasmo alterou seu rosto, nada que revelasse o esforço da dissimulação.

ARSÈNE LUPIN CONTRA HERLOCK SHOLMES

– A senhorita já sabia – ele atalhou, com irritação. – Caso contrário, teria ao menos estremecido... Ah, a senhorita é mais forte do que eu julgava... Mas por que dissimular?

Ele pegou o álbum de imagens que acabava de colocar numa mesa próxima e, abrindo na página recortada:

– Poderia me dizer em que ordem devemos dispor as letras que faltam aqui, para eu conhecer o teor exato do bilhete que enviou a Bresson quatro dias antes do roubo da lâmpada judaica?

– Em que ordem?... Bresson?... O roubo da lâmpada judaica?...

Ela repetia as palavras, lentamente, como se lhes procurando o sentido. Ele insistiu.

– Sim. Eis as letras utilizadas... nesse pedaço de papel. O que dizia a Bresson?

– As letras utilizadas... o que eu dizia...

Subitamente, ela caiu na risada:

– É isso! Compreendo! Sou a cúmplice do roubo! Há um senhor Bresson que roubou a lâmpada judaica e se matou. E eu sou a amiga desse senhor. Oh, como é divertido!

– Quem então a senhora foi encontrar ontem à noite, no segundo andar do prédio da avenida des Ternes?

– Quem? Ora, minha modista, a senhorita Langeais. Será que minha modista e o meu amigo Bresson não seriam a mesma pessoa?

Apesar de tudo, Sholmes duvidou. Podemos fingir, com o intuito de enganar, simulando terror, alegria, inquietude, mas não indiferença, não um riso feliz e despreocupado.

Mesmo assim, ainda lhe disse:

– Uma última palavra: por que na outra noite, na Gare du Nord, a senhorita me abordou? E por que me suplicou que regressasse imediatamente, sem resolver esse caso?

– Ah, o senhor é curioso demais, senhor Sholmes – respondeu ela, rindo sempre da maneira mais natural. – Como castigo, nada saberá; além

disso, cuidará do doente enquanto vou à farmácia. Uma receita urgente...
Darei um pulo até lá.

Saiu.

– Fui enrolado – murmurou Sholmes. – Não só não arranquei nada
dela, como ainda me revelei.

E lembrou-se do caso do diamante azul e do interrogatório a que submetera Clotilde Destange. Não havia acabado de ver a mesma serenidade
que a Mulher Loura lhe opusera, não estava novamente diante de uma
dessas criaturas que, protegidas por Arsène Lupin, sob a ação direta de
sua influência, conservam na própria angústia do perigo a calma mais
estarrecedora?

– Sholmes... Sholmes...

Ele foi até Wilson, que o chamava, e se inclinou sobre o ferido.

– O que há, velho camarada? Está doendo?

Wilson remexeu os lábios sem conseguir falar. Afinal, após grandes
esforços, gaguejou:

– Não... Sholmes... Não é ela... É impossível que seja ela...

– O que está cacarejando aí? Estou dizendo que é ela! Só perante uma
criatura de Lupin, elaborada e montada por ele, é que perco a cabeça e me
comporto tão estupidamente... Ei-la agora que conhece toda a história do
álbum... Aposto que antes de uma hora Lupin será avisado. Antes de uma
hora? O que digo! Imediatamente! O farmacêutico, a receita urgente...
conversa fiada!

Esquivou-se rapidamente, desceu a avenida de Messine e avistou a
senhorita, que entrava numa farmácia. Ela reapareceu dez minutos mais
tarde, com frascos e uma garrafa embrulhados em papel branco. Contudo,
enquanto subia a avenida, foi abordada por um homem que a perseguiu,
de boné na mão e ar obsequioso, como se pedisse uma ajuda.

Ela parou e deu-lhe uma esmola, depois seguiu adiante. "Ela falou com
ele", ruminou o inglês.

Arsène Lupin contra Herlock Sholmes

Mais que uma certeza, foi uma intuição, suficientemente forte, todavia, para que mudasse de tática. Abandonando a moça, lançou-se na pista do falso mendigo.

Chegaram assim, um atrás do outro, à praça Saint-Ferdinand, onde o homem vagou um bom tempo em torno do prédio de Bresson, às vezes erguendo os olhos para as janelas do segundo andar e vigiando as pessoas que entravam no prédio.

Ao cabo de uma hora, subiu na plataforma superior de um bonde em direção a Neuilly. Sholmes também subiu e sentou atrás do indivíduo, um pouco mais longe, e ao lado de um senhor encoberto pelas folhas de um jornal aberto. Nas fortificações, o jornal abaixou, Sholmes percebeu Ganimard, e este lhe disse ao ouvido, referindo-se ao indivíduo:

– É o nosso homem de ontem à noite, aquele que seguia Bresson. Faz uma hora que dá voltas na praça.

– Nada de novo no que se refere a Bresson? – perguntou Sholmes.

– Sim, uma carta endereçada a ele chegou nesta manhã.

– Nesta manhã? Então foi postada ontem, antes que o remetente soubesse da morte de Bresson.

– Precisamente. Ela está nas mãos do juiz de instrução. Mas decorei o teor: ele não aceita nenhuma negociação. Quer tudo, tanto a primeira coisa quanto as do segundo caso. Senão, vai agir. Não estava assinada – acrescentou Ganimard. – Como vê, essas linhas não nos dizem muita coisa.

– Não concordo com a sua opinião, senhor Ganimard. Ao contrário, essas linhas me parecem muito interessantes.

– E por quê, meu Deus?

– Por razões muito pessoais – respondeu Sholmes, com a sem-cerimônia que dispensava ao colega.

O bonde parou na rua du Château, no ponto final. O indivíduo desceu e se foi, calmamente.

Sholmes o escoltava e de tão perto que Ganimard teve receio:

– Se ele olhar para trás, estamos fritos.

– Ele não se voltará agora.

– Como sabe disso?

– É cúmplice de Arsène Lupin, e o fato de um cúmplice de Lupin caminhar assim, com as mãos nos bolsos, prova em primeiro lugar que ele sabe estar sendo seguido e, em segundo lugar, que nada teme.

– Mas estamos na cola dele!

– Não o suficiente para evitar que ele escorra pelos nossos dedos em poucos segundos. Está muito seguro de si.

– Calma lá! Calma lá! Deve estar de brincadeira... Logo ali, na porta daquele café, há dois policiais de bicicleta. Se eu os requisitar e abordar o personagem, pergunto-me como ele me escapará por entre os dedos.

– O personagem não parece se perturbar muito com essa eventualidade. É ele mesmo que os requisita!

– Miserável – praguejou Ganimard. – Que audácia!

Com efeito, o indivíduo avançou na direção dos policiais no momento em que estes se preparavam para montar em suas bicicletas. Disse-lhes algumas palavras; depois, subitamente, saltou sobre uma terceira bicicleta, que estava recostada na fachada do café, e se afastou rapidamente com os dois guardas.

O inglês caiu na gargalhada.

– Que tal? Eu não tinha previsto isso? Um, dois, três, raptado! Por quem? Por dois colegas seus, senhor Ganimard. Ah, que espertalhão esse Arsène Lupin! Policiais de bicicleta na folha de pagamento! Quando eu lhe dizia que nosso personagem estava calmo demais!

– E daí? – exclamou Ganimard, vexado. – O que fazemos agora? É muito cômodo rir!

– Vamos, vamos, não se zangue. Nós nos vingaremos. No momento, precisamos de reforços.

– Folenfant me espera no fim da avenida de Neuilly.

– Muito bem, pegue-o na passagem e venha juntar-se a mim.

Ganimard se afastou, enquanto Sholmes seguia os rastros das bicicletas, ainda mais visíveis na rua poeirenta, uma vez que duas delas

ARSÈNE LUPIN CONTRA HERLOCK SHOLMES

estavam equipadas com pneus estriados. Ele não demorou a perceber que os rastros o conduziam à beira do rio e que os três homens haviam desviado para o mesmo lado que Bresson na noite da véspera. Logo alcançou o portão junto ao qual ele mesmo se escondera com Ganimard e, um pouco adiante, percebeu que as linhas estriadas se emaranhavam, provando que haviam parado naquele local. Bem defronte, havia uma pequena língua de terreno que entrava no Sena e em cuja ponta estava amarrada uma velha balsa.

Era ali que Bresson devia ter jogado fora seu embrulho, ou melhor, deixou-o cair. Sholmes desceu o barranco e constatou que, como o barranco descia num declive bem suave e a água do rio estava baixa, seria fácil encontrar o embrulho... a menos que os três homens houvessem tomado a dianteira.

"Não, não", pensou, "não tiveram tempo para isso... quinze minutos no máximo... e, no entanto, por que passaram por aqui?"

Um pescador estava sentado no barco. Sholmes perguntou:

– Não viu três homens de bicicleta?

O pescador fez sinal que não.

O inglês insistiu:

– Viu sim... Três homens... Acabam de parar a dois passos do senhor...

O pescador colocou sua linha embaixo do braço, pegou um bloquinho no bolso, escreveu numa das páginas, arrancou-a e estendeu-a a Sholmes.

Um grande calafrio sacudiu o inglês. Num relance vira, no centro da página que segurava, a série das letras arrancadas do álbum:

CDEHNOPRESO-237

Um sol pesado caía sobre o rio. O homem voltara aos seus afazeres, abrigado sob as vastas abas de um chapéu de palha, com seu paletó e o colete dobrados juntos de si. Pescava concentradamente, enquanto a cortiça da linha boiava na superfície.

199

Um minuto se escoou, um minuto de solene e terrível silêncio. "Será ele?", pensava Sholmes com uma ansiedade quase dolorosa. E num lampejo:

"É ele! É ele! Só ele é capaz de permanecer assim sem um tremor de inquietude, sem temer nada quanto ao que vai acontecer... E quem mais saberia da história do álbum? Alice o avisou por meio de seu mensageiro."

De repente, o inglês percebeu que sua mão, que sua própria mão agarra-ra a coronha do revólver e que seus olhos miravam as costas do indivíduo, um pouco abaixo da nuca. Um gesto, e todo o drama se concluiria, a vida do estranho aventureiro terminaria miseravelmente.

O pescador não se mexeu.

Sholmes apertou nervosamente a arma com uma vontade ferrenha de atirar e acabar com aquilo, e ao mesmo tempo horrorizado diante de um ato que contrariava sua natureza. A morte era certa. Seria o fim.

"Ah", pensou, "que ele se levante, que se defenda... senão pior para ele... Mais um segundo... e eu atiro..."

Contudo, o ruído de passos fez com que virasse a cabeça, e ele avistou Ganimard, chegando na companhia dos inspetores.

Então, mudando de ideia, tomou impulso e, com um salto, pulou para o barco, cujas amarras arrebentaram com o tranco, caiu sobre o homem e deu-lhe uma gravata. Ambos rolaram no fundo da embarcação.

– E depois? – exclamou Lupin, enquanto se debatia. – O que isso pro-va? Quando um de nós imobilizar o outro, estaremos bem avançados! O senhor não saberá o que fazer de mim, nem eu do senhor. Ficaremos aqui como dois imbecis...

Os dois remos caíram na água. O barco se foi à deriva. Exclamações se entrecruzavam ao longo da margem, enquanto Lupin continuava:

– Que ideia, cavalheiro! Então perdeu a noção das coisas! Uma tolice dessas na sua idade! Um menino crescido como o senhor! Que coisa mais feia!...

Ele conseguiu se desvencilhar.

Exasperado, decidido a tudo, Herlock Sholmes pôs a mão no bolso. Soltou um palavrão. Lupin pegara seu revólver.

Então ele se pôs de joelhos e tentou alcançar um dos remos a fim de chegar à margem, ao passo que Lupin corria atrás do outro, a fim de se afastar dela.

– Vai alcançar... não vai alcançar – dizia Lupin. – Aliás, isso não tem a mínima importância... Se alcançar o seu remo, impeço-o de usá-lo... e o senhor, idem. Mas veja bem, na vida nos esforçamos para agir... sem a menor razão, uma vez que é sempre a sorte que decide... Aí é que está, entendeu, a sorte... Pois bem, ela pende para o seu velho Lupin... Vitória! A correnteza me favorece!

Com efeito, o barco tendia a se afastar.

– Cuidado – gritou Lupin.

Alguém, na margem, apontava um revólver. Ele abaixou a cabeça, uma detonação ressoou, um pouco d'água espirrou perto deles. Lupin desatou a rir.

– Deus me perdoe, é nosso amigo Ganimard! Mas é muito feio o que está fazendo, Ganimard. Você só tem o direito de atirar em caso de legítima defesa... Esse pobre Arsène o deixa feroz a ponto de esquecer todos os seus deveres? Que coisa, meu Deus, lá vai ele de novo! Ora, infeliz, é no meu caro mestre que você vai acertar.

Ele protegeu Sholmes com seu corpo e, de pé na balsa, postou-se de frente para Ganimard:

– Ótimo! Agora estou tranquilo... Mire aqui, Ganimard, bem no coração... mais alto... à esquerda... Errou. Que desastrado. Mais um tiro! Mas está tremendo, Ganimard... É você que está no comando, não é? Sangue-frio! Um, dois, três, fogo!... Errou! Que absurdo, o governo lhe dá então brinquedo de criança como pistola?

Ele sacou então um longo revólver, maciço e liso. Sem mirar, atirou.

O inspetor levou a mão ao chapéu: uma bala o atravessara.

– O que me diz, Ganimard? Ah! esse vem de uma boa fábrica. Respeito, senhores, é o revólver do meu nobre amigo, mestre Herlock Sholmes!

E, com um arremesso, lançou a arma exatamente nos pés de Ganimard.

Sholmes não conseguia se abster de sorrir e admirar. Que vida fervilhante! Que alegria jovem e espontânea! E como ele parecia se divertir. Parecia que a sensação do perigo lhe insuflava uma euforia física e que para esse homem extraordinário a existência não tinha outro objetivo senão a busca de perigos que em seguida ele se divertia em exorcizar.

De ambos os lados do rio, contudo, pessoas se espremiam, e Ganimard e seus homens seguiam a embarcação que oscilava ao largo, tranquilamente carregada pela corrente. Era a captura inevitável, matemática.

– Confesse, mestre – exclamou Lupin, voltando-se para o inglês –, que não trocaria o seu lugar nem por todo o ouro do Transvaal! É que o senhor está na primeira fila! Mas, em primeiro lugar e acima de tudo, o prólogo… depois do que pularemos direto para o quinto ato, a captura ou a evasão de Arsène Lupin. Portanto, caro mestre, tenho uma pergunta a lhe fazer e suplico, a fim de que não haja equívoco, que responda com um sim ou um não. Desista de cuidar desse caso. Ainda é tempo para isso e posso reparar o mal que lhe causei. Mais tarde, não poderei mais. Está combinado?

– Não.

O rosto de Lupin se contraiu. Visivelmente, aquela obstinação o irritava. Continuou:

– Eu insisto. Mais pelo senhor do que por mim, repito, pois estou certo de que será o primeiro a lamentar sua intervenção. Pela última vez, sim ou não?

– Não.

Lupin pôs-se de cócoras, deslocou uma das tábuas do fundo e, durante alguns minutos, executou um trabalho cujo propósito Sholmes não conseguiu discernir. Em seguida, levantou-se, sentou ao lado do inglês e lhe falou nos seguintes termos:

– Creio, mestre, que viemos até a beira deste rio por razões idênticas: pescar o objeto de que Bresson se livrou, não foi? De minha parte, eu tinha marcado com alguns camaradas e estava prestes, e meus trajes sumários indicam isso, a efetuar uma pequena exploração nas profundezas do Sena, quando meus amigos me avisaram de sua chegada. Confesso, aliás, que não fiquei surpreso com isso, estando informado hora a hora, ouso dizer, dos progressos de sua investigação. É tão fácil. Assim que acontece qualquer coisa suscetível de me interessar na rua Murillo, basta um telefonema e sou avisado! Compreenda que, nestas condições...

Parou. A tábua que ele afastara soerguia-se agora e, em volta dela, a água esguichava em pequenos jatos.

– Diabos, ignoro o que fiz, mas tenho todos os motivos para pensar que há um vazamento no fundo desta pequena embarcação. Não está com medo, mestre?

Sholmes deu de ombros. Lupin continuou:

– Compreenda então que, nestas condições, sabendo antecipadamente que o senhor procuraria a luta com a mesma obsessão com que eu me esforçava para evitá-la, era mais agradável para mim disputar com o senhor um jogo cujo desfecho era certo, uma vez que tenho todos os trunfos na mão. E quis dar ao nosso encontro a maior visibilidade possível, a fim de que sua derrota fosse universalmente conhecida e que outra condessa de Crozon ou outro Barão d'Imblevalle não ficassem tentados a solicitar sua ajuda contra mim. Não veja nisso, caro mestre...

Calou-se novamente e, fazendo uma luneta com as mãos, observou as margens.

– Diabos! Eles fretaram uma soberba canoa, um verdadeiro navio de guerra, e ei-los remando feito loucos. Antes de cinco minutos, eles nos abordarão e estarei perdido. Senhor Sholmes, um conselho: o senhor se joga sobre mim, amarra-me e me entrega à justiça do meu país... Tal plano lhe agrada? A menos que, daqui até lá, naufraguemos. Nesse caso só nos resta preparar nosso testamento. O que acha?

Seus olhares se cruzaram. Dessa vez Sholmes entendeu a manobra de Lupin: ele furara o fundo da embarcação. E a água subia.

Ela alcançou as solas de suas botinas. Cobriu seus pés: eles não esboçaram nenhum movimento.

A água subiu até os seus tornozelos: o inglês pegou sua bolsa de fumo, enrolou um cigarro e o acendeu.

Lupin prosseguiu:

– E não veja nisso, caro mestre, senão a humilde confissão de minha impotência a seu respeito. É em respeito ao senhor que aceito apenas as batalhas em que a vitória me esteja reservada, a fim de evitar aquelas cujo terreno não escolhi. É por reconhecer em Sholmes o único inimigo que temo e proclamar minha inquietude enquanto Sholmes não for retirado do meu caminho. Eis, caro mestre, o que eu fazia questão de lhe dizer, uma vez que o destino me concede a honra de uma conversa com o senhor. Só lastimo uma coisa, é que essa conversa se dê enquanto lavamos nossos pés!... Situação que carece de dignidade, confesso... O que digo! Banho nos pés!... Banho de assento, isso sim!

A água, de fato, alcançava o banco onde sentavam, e o barco afundava cada vez mais.

Sholmes, imperturbável, cigarro nos lábios, parecia absorto na contemplação do céu. Por nada no mundo, diante daquele homem envolto em perigos, cercado pela multidão, acuado pela matilha de agentes, e que no entanto conservava seu bom humor, por nada no mundo teria consentido em demonstrar qualquer perturbação.

O quê?! Os dois não pareciam dizer: vou esquentar a cabeça por causa de tais futilidades? Não acontece todo dia de nos afogarmos num rio? Será que tais fatos merecem nossa atenção? E um tagarelava e o outro devaneava, ambos escondendo sob a mesma máscara de tranquilidade o choque formidável de seus dois orgulhos.

Mais um minuto e afundariam.

ARSÈNE LUPIN CONTRA HERLOCK SHOLMES

– O essencial – formulou Lupin – é saber se iremos a pique antes ou depois da chegada dos paladinos da justiça. Tudo reside nisso. Pois o naufrágio é ponto pacífico. Mestre, é a hora solene do testamento. Lego toda a minha fortuna a Herlock Sholmes, cidadão inglês, com a condição de... Mas, meu Deus, os paladinos da justiça avançam rápido! Ah, bons rapazes! Dão prazer de ver. Que precisão na remada! Ei, mas é o senhor, brigadeiro Folenfant? Bravo! A ideia do navio de guerra é excelente. Vou recomendá-lo a seus superiores, brigadeiro Folenfant... É a medalha que o senhor deseja? Entendido... considere feito. E seu camarada Dieuzy, onde está? Na margem esquerda, não é mesmo, acompanhado de uma centena de indígenas?... De maneira que, se eu escapar do naufrágio, sou recolhido à esquerda por Dieuzy e seus indígenas, ou à direita por Ganimard e as populações de Neuilly. Dilema atroz...

Houve um remoinho. A embarcação virou, e Sholmes teve de se agarrar ao encaixe dos remos.

– Mestre – disse Lupin –, suplico-lhe que tire o seu paletó. Ficará mais à vontade para nadar. Não? Recusa-se? Então vestirei novamente o meu.

Enfiou o paletó, abotoou-o hermeticamente como fizera Sholmes e suspirou:

– Como o senhor é durão! Pena haver teimado em se meter neste caso... no qual certamente mostra seus recursos, mas tão em vão! Sério, o senhor desperdiça sua genialidade...

– Senhor Lupin – pronunciou Sholmes, saindo finalmente do seu mutismo –, o senhor fala demais, e com frequência peca por excesso de confiança e leviandade.

– A crítica é severa.

– Pois assim, sem saber, o senhor me forneceu há um instante a informação que eu procurava.

– Como! O senhor procurava uma informação e não me dizia!

– Não preciso de ninguém. Daqui a três horas fornecerei a chave do enigma ao senhor e à senhora d'Imblevalle. Eis a única resposta...

Não terminou sua frase. O barco soçobrara de repente, arrastando a ambos. Emergiu logo depois, virado, com o casco para cima. Ouviram-se gritos nas duas margens, depois reinou um silêncio ansioso e, subitamente, novas exclamações: um dos náufragos reaparecera.

Era Herlock Sholmes.

Excelente nadador, dirigiu-se com largas braçadas para o barco de Folenfant.

– Força, senhor Sholmes – gritou o brigadeiro –, estamos aqui... Não esmoreça... Cuidaremos dele depois... Nós o pegamos, vamos... Um pequeno esforço, senhor Sholmes... Segure a corda...

O inglês agarrou uma corda que lhe estendiam. Porém, enquanto se içava a bordo, uma voz, atrás dele, interpelou-o:

– A chave do enigma, caro mestre, claro, o senhor possuirá. Espanta-me ainda não ter feito isso... E depois? De que lhe servirá? Nesse momento, justamente, a batalha estará perdida para o senhor...

Montado no casco onde acabara de subir enquanto perorava, e agora confortavelmente instalado, Arsène Lupin prosseguia seu discurso com gestos solenes, como se esperasse convencer seu interlocutor.

– Compreenda, caro mestre, não há o que fazer, absolutamente nada... O senhor está na situação deplorável de um cavalheiro...

Folenfant o enquadrou:

– Renda-se, Lupin.

– O senhor é um grosseirão, brigadeiro Folenfant. Cortou-me no meio da frase. Eu dizia...

– Renda-se, Lupin.

– Por Deus, brigadeiro Folenfant, a gente só se rende quando está em perigo. Ora, o senhor não tem a pretensão de crer que corro algum perigo!

– Pela última vez, Lupin, intimo-o a se render.

– Brigadeiro Folenfant, o senhor não tem a mínima intenção de me matar, no máximo me ferir, de tal forma tem medo que eu escape. E se por

ARSÈNE LUPIN CONTRA HERLOCK SHOLMES

acaso o ferimento for mortal? Ora, pense na culpa que vai sentir, infeliz! Na sua velhice envenenada!...

O tiro partiu.

Lupin vacilou, agarrou-se por um instante no casco virado, depois se soltou e desapareceu.

Eram exatamente três horas quando esses acontecimentos se produziram. Às seis em ponto, como prometera, Herlock Sholmes, vestindo uma calça pesca-siri e um paletó abaixo do seu número, que pegara emprestado de um hoteleiro de Neuilly, usando um boné e paramentado com uma camisola de flanela e uma faixa de seda amarrada na cintura, entrou na alcova da rua Murillo, após mandar avisar ao senhor e à senhora d'Imblevalle que lhes pedia uma entrevista.

Encontraram-no andando para lá e para cá. E ele lhes pareceu tão cômico em seu traje extravagante que tiveram de reprimir uma forte vontade de rir. Com o semblante pensativo, as costas curvadas, andava feito um robô, da janela até a porta e da porta até a janela, em todas as vezes com o mesmo número de passos e girando todas as vezes no mesmo sentido.

Parou, pegou um bibelô, examinou-o mecanicamente, depois retomou a perambulação.

Por fim, plantando-se à frente deles, perguntou:

– A senhorita está na casa?

– Sim, no jardim, com as crianças.

– Senhor barão, como a conversa que vamos ter é definitiva, eu gostaria que a senhorita Demun estivesse presente.

– Será, realmente?...

– Tenha um pouco de paciência, cavalheiro. A verdade brotará claramente dos fatos que exporei diante dos senhores com a maior precisão possível.

– Está bem. Suzanne, você pode?...

A senhora d'Imblevalle se levantou e voltou quase imediatamente, acompanhada de Alice Demun. A senhorita, mais pálida do que de costume, permaneceu de pé, recostada a uma mesa, e nem mesmo perguntou a razão de estar ali.

Sholmes pareceu não vê-la e, voltando-se bruscamente para o senhor d'Imblevalle, articulou num tom que não admitia réplica:

– Após vários dias de investigação, senhor, e embora certos acontecimentos tenham modificado minha maneira de ver as coisas, repetirei aquilo que lhe disse desde o primeiro momento: a lâmpada judaica foi roubada por alguém que mora nesta casa.

– O nome do culpado?

– Eu o conheço.

– As provas?

– Bastarão para encurralá-lo.

– Não basta que ele seja encurralado. Ele também terá de nos restituir…

– A lâmpada judaica? Eu a tenho em meu poder.

– O colar de opalas? A tabaqueira?...

– O colar de opalas, a tabaqueira, em suma, tudo que lhe foi roubado da segunda vez está em meu poder.

Sholmes apreciava esses efeitos dramáticos e essa maneira um pouco seca de anunciar suas vitórias.

De fato, o barão e sua mulher pareciam estupefatos, observando-o com uma curiosidade silenciosa que era o melhor dos elogios.

Empreendeu então, no detalhe, o relato do que fizera durante os últimos três dias. Contou a descoberta do álbum, escreveu numa folha de papel a frase formada pelas letras recortadas, depois relatou a expedição de Bresson à beira do Sena e o suicídio do aventureiro, e por fim a luta que ele, Sholmes, acabara de travar com Lupin, o naufrágio do barco e o desaparecimento de Lupin.

Quando terminou, o barão disse baixinho:

– Só lhe resta agora revelar o nome do culpado. Quem então o senhor acusa?

– Acuso a pessoa que recortou as letras desse alfabeto e se comunicou por meio dessas letras com Arsène Lupin.

ARSÈNE LUPIN CONTRA HERLOCK SHOLMES

– Como sabe que o correspondente dessa pessoa é Arsène Lupin?

– Pelo próprio Lupin.

Estendeu um pedaço de papel molhado e amassado. Era a página que Lupin arrancara de sua caderneta, no barco, e no qual escrevera a frase codificada.

– Repare – observou Sholmes com satisfação – que nada o obrigava a me entregar essa folha e, por conseguinte, a se desmascarar. Simples criancice de sua parte e que me informou.

– Que o informou... – disse o barão. – Entretanto, não vejo nada...

Sholmes copiou com lápis as letras e os algarismos.

CDEHNOPRSEO-237

– E daí? – perguntou o senhor d'Imblevalle. – É a fórmula que o senhor mesmo acaba de nos mostrar.

– Não, se o senhor tivesse virado e revirado essa fórmula em todos os sentidos, teria visto prontamente, como eu vi, que ela não é semelhante à primeira.

– E em que então?

– Ela compreende duas letras a mais, um E e um O.

– Com efeito, eu não tinha observado.

– Aproxime essas duas letras do C e do H que ficavam fora da palavra "responde!" e constatará que a única palavra possível é *ECHO*.

– O que significa?...

– O que significa O *Écho de France*, o jornal de Lupin, seu órgão oficial, ao qual ele reserva seus "comunicados". Responda ao "*Écho de France*, seção de correspondência, número 237". Era essa a chave do enigma que eu tanto procurava e que Lupin me forneceu com tanta boa vontade. Estou chegando da redação do *Écho de France*.

– E o senhor descobriu...

– Descobri toda a história detalhada das relações de Arsène Lupin com sua cúmplice.

E Sholmes espalhou sete jornais abertos na quarta página, dos quais destacou estas sete linhas:

1. ARS. LUP. Mulher impl. proteç. 540.
2. 540. Espera explicações. A.L.
3. A. L. Sob domin. inimiga. Perdida.
4. 540. Escreva endereço. Farei investigação.
5. A. L. Murillo.
6. 540. Parque três horas. Violetas.
7. 237. Entendido sáb. estarei dom. man. Parque.

– E chama isso de história detalhada! – exclamou o senhor d'Imblevalle.

– Meu Deus, sim, e por pouco que preste atenção o senhor concordará comigo. Em primeiro lugar, uma mulher que assina 540 implora a proteção de Lupin, ao que Lupin responde com um pedido de explicações. A mulher responde que está sob o domínio de um inimigo, de Bresson, sem dúvida alguma, e que está perdida se não vierem em seu socorro. Lupin, que desconfia, que não ousa ainda entrar em contato com essa desconhecida, exige o endereço e propõe uma investigação. A mulher ainda hesita por quatro dias – consultem as datas – e por fim, pressionada pelos acontecimentos, influenciada pelas ameaças de Bresson, fornece o nome da rua onde mora, Murillo. No dia seguinte, Arsène Lupin anuncia que estará no parque Monceau às três horas e pede a sua desconhecida que leve um buquê de violetas como sinal de identificação. Ocorre então uma interrupção de oito dias na correspondência. Arsène Lupin e a mulher não precisam se escrever por intermédio do jornal: encontram-se ou escrevem-se diretamente. O plano está urdido para satisfazer as exigências de Bresson, a mulher roubará a lâmpada judaica. Resta marcar o dia. A mulher, que, por prudência, se corresponde com a ajuda de palavras recortadas e coladas, se decide pelo sábado e acrescenta: *Responda Écho 237.* Lupin lhe responde que está combinado e que, além disso, estará no parque no domingo de manhã. No domingo de manhã, o roubo é efetuado.

ARSÈNE LUPIN CONTRA HERLOCK SHOLMES

– Com efeito, tudo se encadeia – aprovou o barão –, a história está completa.

Sholmes prosseguiu:

– Então o roubo é executado. A mulher sai no domingo de manhã, presta contas a Lupin do que fez e leva a lâmpada judaica para Bresson. As coisas se passam então como Lupin previra. A justiça, iludida por uma janela aberta, quatro buracos na terra e dois arranhões numa sacada, admite imediatamente a hipótese de roubo por arrombamento. A mulher está tranquila.

– Que seja – disse o barão –, admito que essa explicação é bastante lógica. Mas o segundo roubo...

– O segundo roubo foi provocado pelo primeiro. Como os jornais contaram como a lâmpada judaica desaparecera, alguém teve a ideia de reproduzir o assalto e se apoderar do que não havia sido levado. E dessa vez não foi um roubo simulado, mas um roubo real, com arrombamento de verdade, escalada etc.

– Lupin, evidentemente...

– Não, Lupin não age de forma tão estúpida. Lupin não atira nas pessoas por uma besteira qualquer.

– Então quem foi?

– Bresson, sem dúvida alguma, e à revelia da mulher que ele extorquira. Foi Bresson que entrou aqui, foi ele que persegui, foi ele que feriu meu pobre Wilson.

– Tem mesmo certeza disso?

– Absoluta. Um dos cúmplices de Bresson lhe escreveu ontem, antes do seu suicídio, uma carta que prova as negociações entabuladas entre esse cúmplice e Lupin com vistas à restituição de todos os objetos roubados na sua casa. Lupin exigia tudo, tanto a primeira coisa (isto é, a lâmpada judaica) quanto as do segundo caso. Além disso, vigiava Bresson. Quando este se dirigiu ontem à noite à beira do Sena, um dos companheiros de Lupin o seguia ao mesmo tempo que nós.

– O que Bresson ia fazer na beira do Sena?

– Avisado dos progressos de minha investigação...

– Avisado por quem?

– Pela mesma mulher, a qual temia pertinentemente que a descoberta da lâmpada judaica resultasse na descoberta de sua aventura... Avisado Bresson, portanto, ele reúne num único embrulho o que o pode comprometer e joga num lugar onde o pode recuperar quando o perigo passar. É na volta que, encurralado por Ganimard e por mim, tendo sem dúvida outros crimes na consciência, ele perde a cabeça e se mata.

– Mas o que continha o embrulho?

– A lâmpada judaica e seus outros bibelôs.

– Eles então não estão com o senhor?

– Logo após o desaparecimento de Lupin, aproveitei o banho que ele me obrigou a tomar para ser levado ao lugar escolhido por Bresson, onde encontrei, embrulhado em pano e lona encerada, o que lhe foi subtraído. Aqui está, sobre esta mesa.

Sem uma palavra, o barão cortou o barbante, rasgou com um golpe o pano molhado, retirou dali a lâmpada, girou um parafuso instalado sob o pé, fez força com as duas mãos sobre o recipiente, desatarraxou-o, abriu-o em duas partes iguais e descobriu a quimera de ouro, decorada com rubis e diamantes.

Estava intacta.

Havia em toda a cena, aparentemente tão natural, simples exposição de fatos, alguma coisa que a tornava terrivelmente trágica: era a acusação formal, direta, irrefutável que, a cada palavra sua, Sholmes lançava à senhorita. E também o silêncio impressionante de Alice Demun.

Durante essa longa e cruel acumulação de pequenas provas sobrepostas umas às outras, nenhum músculo de seu rosto se mexera, nenhuma explosão de revolta ou temor perturbara a serenidade de seu límpido olhar. Em que ela pensava? E, sobretudo, o que iria dizer no minuto solene em

ARSÈNE LUPIN CONTRA HERLOCK SHOLMES

que tivesse de responder, em que teria de se defender e romper o círculo de ferro no qual Herlock Sholmes a aprisionava tão habilmente?

Esse minuto havia chegado, e a jovem manteve-se calada.

– Fale! Fale então! – exclamou o senhor d'Imblevalle.

Ela não falou. Ele insistiu:

– Uma palavra a desculparia... Uma palavra de revolta, e acreditarei na senhorita.

Essa palavra ela não falou.

O barão atravessou energicamente o recinto, voltou sobre seus passos, repetiu a operação e dirigiu-se a Sholmes:

– Pois bem, eu digo não, cavalheiro! Não posso admitir que seja verdade! Há crimes impossíveis! E este vai de encontro a tudo que sei, a tudo que vejo há um ano.

Ele pousou a mão no ombro do inglês.

– Mas o senhor mesmo, cavalheiro, tem certeza absoluta e definitiva de não estar enganado?

Sholmes hesitou, como alguém atacado de surpresa e cuja resposta não é imediata. No entanto, sorriu e disse:

– Somente a pessoa a quem acuso podia saber, pela situação que ocupa em sua casa, que a lâmpada judaica continha essa magnífica joia.

– Recuso-me a acreditar – murmurou o barão.

– Pergunte-lhe.

Era, com efeito, a única coisa que ele não teria tentado, na confiança cega que lhe inspirava a moça. Contudo, não podia mais se furtar às evidências.

Aproximou-se dela e, olhos nos olhos:

– Foi a senhorita? Foi a senhorita que pegou a joia? Foi a senhorita que se correspondeu com Arsène Lupin e simulou o roubo?

Ela respondeu:

– Fui eu, cavalheiro.

Não abaixou a cabeça. Sua fisionomia não exprimiu nem vergonha nem embaraço.

– Será possível! – murmurou o senhor d'Imblevalle. – Eu jamais teria acreditado... A senhorita seria a última pessoa de quem eu suspeitaria... Como se deu o roubo, infeliz?

Ela disse:

– Fiz como o senhor Sholmes contou. Na noite de sábado para domingo, desci até esta alcova, peguei a lâmpada e, de manhã, levei-a... para aquele homem.

– Não – objetou o barão –, o que a senhorita afirma é impossível.

– Impossível! E por quê?

– Porque de manhã encontrei a porta desta alcova fechada com ferrolho.

Ela ruborizou, ficou constrangida e olhou para Sholmes, como se lhe pedisse conselhos.

Mais do que pela objeção do barão, Sholmes pareceu chocado com o embaraço de Alice Demun. Ela então não tinha nada a responder? As confissões que consagravam a explicação que ele, Sholmes, fornecera sobre o roubo da lâmpada judaica porventura mascaravam uma mentira que a análise dos fatos destruía prontamente?

O barão continuou:

– Essa porta estava fechada. Afirmo que encontrei o ferrolho como o deixara na noite da véspera. Se a senhorita tivesse passado por essa porta, assim como afirma, teria sido necessário que alguém a recebesse do lado de dentro, isto é, da alcova ou de nosso quarto. Ora, não havia ninguém nesses dois cômodos... não havia ninguém a não ser minha mulher e eu.

Sholmes curvou-se na mesma hora e cobriu o rosto com as duas mãos a fim de disfarçar o rubor. Alguma coisa como uma luz forte demais o atingira, e ele sentia-se ofuscado, incomodado. Tudo se desvelava para ele qual uma paisagem escura da qual a noite se afastasse de repente.

Alice Demun era inocente.

Alice Demun era inocente. Havia nisso uma verdade inconteste, ululante, que ao mesmo tempo explicava a espécie de constrangimento que ele experimentava desde o primeiro dia em lançar a terrível acusação contra a moça. Via claro agora. Sabia. Um gesto, e a prova irrefutável se ofereceria a ele prontamente.

Ergueu a cabeça e, após alguns segundos, tão naturalmente quanto pôde, voltou os olhos para a senhora d'Imblevalle.

Estava pálida, dessa palidez incomum que nos invade nas horas implacáveis da vida. Suas mãos, que ela procurava esconder, tremiam imperceptivelmente.

"Mais um segundo", pensou Sholmes, "e ela se trai."

Colocou-se entre ela e o marido, com o desejo imperioso de afastar o terrível perigo que, por culpa sua, ameaçava aquele homem e aquela mulher. Mas, ao ver o barão, estremeceu no mais recôndito do seu ser. A mesma revelação súbita que o cegara com sua claridade iluminava agora o senhor d'Imblevalle. O mesmo raciocínio se operava no cérebro do marido. Ele compreendia por sua vez! Ele via!

Num gesto de desespero, Alice Demun se revoltou contra a verdade implacável.

– Tem razão, cavalheiro, eu me enganei... Com efeito, não entrei por aqui. Passei pelo vestíbulo e pelo jardim, e foi com a ajuda de uma escada...

Supremo esforço de devotamento... Mas esforço inútil! As palavras soavam falsas. A voz estava alquebrada, e a doce criatura não tinha mais seus olhos cristalinos e seu grande ar de sinceridade. Vencida, ela abaixou a cabeça.

O silêncio foi atroz. A senhora d'Imblevalle esperava, lívida, toda enrijecida pela angústia e o pavor. O barão parecia ainda se debater, como se não quisesse acreditar no colapso de sua felicidade.

Por fim, balbuciou:

– Fale! Explique-se!...

– Não tenho nada a lhe dizer, meu pobre querido – ela falou baixinho e com o rosto contorcido pela dor.

– Então... a senhorita...

– A senhorita me salvou... por devotamento... por afeição... e se incriminou...

– Salvou de quê? De quem?

– Daquele homem.

– Bresson?

– Sim, eu era o alvo de suas ameaças... Conheci-o na casa de uma amiga... e cometi a loucura de escutá-lo... Oh, nada que você não possa perdoar... No entanto, escrevi duas cartas... cartas que você verá... Eu as recuperei... Você sabe como. Oh! Tenha piedade de mim... chorei tanto!

– Você? Você? Suzanne!

Ele ergueu para a esposa os punhos cerrados, prestes a espancá-la, a matá-la. Mas seus braços tornaram a cair e ele murmurou novamente:

– Você, Suzanne? Você?... Será possível?!

Com pequenas frases entrecortadas, ela contou a tormentosa e banal aventura, seu despertar assustado diante da infâmia do personagem, seus remorsos, seu pânico, e referiu-se também ao comportamento admirável de Alice, a moça que adivinhava o desespero da patroa, arrancando-lhe sua confissão, escrevendo a Lupin e planejando aquela história de roubo para salvá-la das garras de Bresson.

– Você, Suzanne, você... – repetia o senhor d'Imblevalle, recurvado, aterrado. – Como pôde?...

Na noite desse mesmo dia, o vapor Ville-de-Londres, que fazia a linha entre Calais e Dover, deslizava lentamente sobre o espelho d'água. A noite estava escura e calma. Nuvens tranquilas insinuavam-se acima do barco e, à sua volta, tênues véus de bruma o separavam do espaço infinito, onde se espalhavam a claridade da lua e das estrelas.

A maioria dos passageiros havia se recolhido aos camarotes e salões.

Alguns, no entanto, mais intrépidos, passeavam no convés ou ainda cochilavam no fundo de amplas cadeiras de balanço e sob grossos cobertores. Aqui e ali se viam brasas acesas de charutos e ouvia-se, misturado ao

ARSÈNE LUPIN CONTRA HERLOCK SHOLMES

suave sopro da brisa, um murmúrio de vozes que não ousavam se levantar diante do grande silêncio imponente.

Um dos passageiros, que vagava com passos regulares pelas amuradas, parou perto de uma pessoa estendida num banco, examinou-a e, como essa pessoa se mexia um pouco, disse-lhe:

– Achei que estava dormindo, senhorita Alice.

– Não, não, senhor Sholmes, não estou com sono. Reflito.

– Em quê? É indiscreto de minha parte perguntar?

– Eu pensava na senhora d'Imblevalle. Ela deve estar tão triste! Sua vida está perdida.

– Claro que não, claro que não – ele replicou prontamente. – Seu erro não é imperdoável. O senhor d'Imblevalle esquecerá essa fraqueza. Quando partimos, ele já olhava para ela com menos severidade.

– Talvez... mas o esquecimento vai demorar... e ela está sofrendo.

– Gosta muito dela?

– Muito. Foi o que me deu força para sorrir, quando tremia de medo, ao encarar o senhor, querendo fugir dos seus olhos.

– Está triste por separar-se dela?

– Muito triste. Não tenho parentes nem amigos... Eu só tinha a ela.

– A senhorita terá amigos – disse o inglês, comovido por aquela aflição –, eu lhe prometo... Tenho relações... muita influência... Asseguro-lhe que não lamentará sua situação.

– Pode ser, mas a senhora d'Imblevalle não estará mais comigo...

Não trocaram outras palavras. Herlock Sholmes deu ainda duas ou quatro voltas pelo convés, depois foi instalar-se novamente junto à sua companheira de viagem.

A cortina de bruma se dissipava, e as nuvens pareciam dividir-se no céu. Estrelas cintilaram.

Sholmes puxou o cachimbo do fundo de sua capa, encheu-o e riscou sucessivamente quatro palitos de fósforo sem conseguir acendê-los. Como não tinha outros, levantou-se e perguntou a um cavalheiro que se encontrava sentado a alguns passos:

– Teria fogo, por favor?

O cavalheiro abriu uma caixa de fósforos e riscou. Imediatamente uma chama irrompeu. Com a luz, Sholmes reconheceu Arsène Lupin.

Se o inglês não tivesse esboçado um pequeno gesto, um imperceptível recuo, Lupin poderia ter suposto que sua presença a bordo não era conhecida de Sholmes; de tal forma que este permaneceu senhor de si, e tão natural foi a desenvoltura com que estendeu a mão a seu adversário.

– Sempre em forma, senhor Lupin?

– Bravo! – exclamou Lupin, deixando escapar um grito de admiração diante de tal autocontrole.

– Bravo... E por quê?

– Como, por quê? O senhor me vê reaparecer à sua frente, como um fantasma, após assistir à minha queda no Sena, e, por orgulho, por um milagre de orgulho que eu qualificaria de absolutamente britânico, não esboça um gesto de estupor, uma palavra de surpresa! Caramba, repito, bravo, é admirável!

– Não é admirável... Pela sua maneira de cair do barco, vi muito bem que caía voluntariamente e que não fora atingido pela bala do brigadeiro.

– E partiu sem saber do meu paradeiro?

– Seu paradeiro? Eu sabia. Quinhentas pessoas comandavam as duas margens no espaço de um quilômetro. A partir do momento em que o senhor escapava da morte, sua captura era certa.

– No entanto, aqui estou.

– Senhor Lupin, há dois homens no mundo de quem nada me surpreende: primeiro eu e o senhor em seguida.

A paz estava firmada.

Se Sholmes não triunfara em suas investidas contra Arsène Lupin, se Lupin permanecia o inimigo excepcional que era preciso desistir definitivamente de agarrar, se no correr dos embates ele estava sempre em vantagem, nem por isso o inglês, com sua tenacidade formidável, deixara de recuperar a lâmpada judaica, assim como recuperara o diamante azul.

ARSÈNE LUPIN CONTRA HERLOCK SHOLMES

Talvez dessa vez o resultado fosse menos brilhante, sobretudo do ponto de vista do público, uma vez que Sholmes era obrigado a resguardar as circunstâncias sob as quais a lâmpada judaica fora descoberta e declarar que ignorava o nome do culpado. Mas de homem para homem, de Lupin para Sholmes, de polícia para ladrão, não havia, com toda a justiça, nem vencedor nem vencido. Ambos podiam reivindicar triunfos idênticos.

Conversaram, então, como adversários amigáveis que depuseram suas armas e se admiram por seus respectivos méritos.

A pedido de Sholmes, Lupin contou sobre sua fuga.

– Se é – disse – que podemos chamar isso de fuga. Foi tão simples! Meus amigos aguardavam, uma vez que tínhamos um encontro marcado para recuperar a lâmpada judaica. Assim, após ter permanecido uma boa meia hora sob o casco virado do barco, aproveitei um instante em que Folenfant e seus homens procuravam meu cadáver ao longo das margens e subi novamente no casco virado. Meus amigos só tiveram que me recolher em sua lancha e fugir sob os olhos pasmos dos quinhentos curiosos, de Ganimard e de Folenfant.

– Que beleza! – exclamou Sholmes. – Sucesso total! E agora tem negócios na Inglaterra?

– Sim, alguns acertos de contas... Mas eu ia esquecendo... O senhor d'Imblevalle?

– Ele sabe tudo.

– Ah, meu caro mestre, o que foi que eu disse? O mal agora é irreparável. Não teria sido melhor deixar eu agir do meu jeito? Mais um ou dois dias, e eu recuperava de Bresson a lâmpada judaica e os bibelôs, enviava-os aos d'Imblevalle, e essas duas boas pessoas teriam terminado de viver sossegadamente um do lado do outro. Em vez disso...

– Em vez disso – riu Sholmes –, embaralhei as cartas e semeei a discórdia no seio de uma família que o senhor protegia.

– Meu Deus, sim, que eu protegia! Será sempre indispensável roubar, enganar e fazer o mal?

– Então também faz o bem?

– Quando tenho tempo. E depois isso me diverte. Acho muito engaçado que, na aventura que nos ocupa, eu seja o gênio bom que socorre e salva, e o senhor, o gênio mau que traz o desespero e as lágrimas.

– Lágrimas! Lágrimas! – protestou o inglês.

– Claro! O casal d'Imblevalle está demolido, e Alice Demun, chorando.

– Ela não podia mais ficar... Ganimard terminaria surpreendendo-a... e por meio dela seria possível chegar à senhora d'Imblevalle.

– Totalmente de acordo, mestre, mas de quem é a culpa?

Dois homens passaram à sua frente. Sholmes, com uma voz cujo timbre parecia ligeiramente alterado, disse a Lupin:

– Sabe quem são esses *gentlemen*?

– Julguei reconhecer o capitão do navio.

– E o outro?

– Ignoro.

– É o senhor Austin Gilett. E o senhor Austin Gilett ocupa na Inglaterra um cargo que corresponde ao do senhor Dudouis, seu chefe da Sûreté.

– Ah! que sorte! Faria a gentileza de me apresentar? O senhor Dudouis é um dos meus bons amigos, e eu ficaria feliz em poder dizer o mesmo do senhor Austin Gilett.

Os dois *gentlemen* voltaram.

– E se eu o levasse ao pé da letra, senhor Lupin? – disse Sholmes, levantando-se.

Agarrara o pulso de Arsène Lupin e o apertava com uma mão de ferro.

– Por que aperta tão forte, mestre? Estou pronto a segui-lo.

Deixava-se, de fato, arrastar sem a menor resistência. Os dois *gentlemen* se afastavam.

Sholmes apertou o passo. Suas unhas penetravam na própria carne de Lupin.

– Vamos... vamos... – proferia surdamente, numa espécie de pressa urgente em resolver tudo o mais rápido possível. – Vamos! Mais depressa.

Mas estacou: Alice Demun os seguira.

– O que está fazendo, senhorita? É inútil... Não venha!

Foi Lupin que respondeu:

– Peço-lhe que observe, mestre, que a senhorita não vem por vontade própria. Estou apertando seu pulso com uma energia semelhante à que o senhor usa comigo.

– E por quê?

– Ora! Faço questão de apresentá-la também. Seu papel no caso da lâmpada judaica é ainda mais importante que o meu. Cúmplice de Arsène Lupin, cúmplice de Bresson, ela deve contar também a aventura da baronesa d'Imblevalle, o que interessará prodigiosamente à justiça... E assim o senhor terá levado sua altruísta intervenção até seus últimos limites, generoso Sholmes.

O inglês largara o pulso de seu prisioneiro. Lupin libertou a senhorita. Ficaram alguns segundos imóveis, um em frente ao outro. Em seguida, Sholmes voltou ao seu banco e se sentou. Lupin e a moça reocuparam seus lugares.

Um longo silêncio os dividiu. Até Lupin dizer:

– Veja, mestre, independentemente do que façamos, nunca estaremos do mesmo lado. O senhor está de um lado do fosso, eu do outro. Podemos nos cumprimentar, apertar as mãos, conversar por um momento, mas o fosso está sempre presente. O senhor será sempre Herlock Sholmes, detetive, e eu, Arsène Lupin, ladrão. E Herlock Sholmes sempre obedecerá, mais ou menos espontaneamente, com maior ou menor destreza, ao seu instinto de detetive, que é perseguir o ladrão e "engaiolá-lo" se possível. E Arsène Lupin será sempre fiel à sua alma de ladrão, evitando as garras do detetive e zombando dele se a ocasião se apresentar. E dessa vez a ocasião se apresentou! Há, há, há!

Desatou a rir, um riso sarcástico, cruel e detestável...

Em seguida, subitamente grave, inclinou-se na direção da moça.

– Esteja certa, senhorita, de que, mesmo reduzido ao limite extremo, eu não a teria traído. Arsène Lupin nunca trai, sobretudo aqueles a quem ama e admira. E permita-me lhe dizer que amo e admiro a valente e querida criatura que a senhorita é.

Puxou de sua carteira um cartão de visita, rasgou-o ao meio, estendeu metade à moça e, com a mesma voz comovida e respeitosa:

– Se o senhor Sholmes não for bem-sucedido em sua iniciativa, senhorita, apresente-se na casa de lady Strongborough (encontrará com facilidade seu endereço atual) e entregue-lhe essa metade de cartão, dirigindo-lhe estas duas palavras: "lembrança fiel". Lady Strongborough lhe será devotada como uma irmã.

– Obrigada – disse a moça –, irei amanhã mesmo à casa dessa senhora.

– E agora, mestre – exclamou Lupin, no tom satisfeito de um cavalheiro que cumpriu seu dever –, desejo-lhe boa noite. Ainda temos uma hora de travessia. Vou aproveitá-la.

Estendeu-se ao comprido e cruzou as mãos atrás da cabeça.

O céu se abrira diante da lua. Em volta das estrelas e rente ao mar, sua claridade radiosa se espalhava. Ela flutuava na água, e a imensidão, onde se dissolviam as últimas nuvens, parecia pertencer a ele.

O desenho do litoral se apartou do horizonte escuro. Passageiros subiram. O convés se encheu de gente. O senhor Austin Gilett passou na companhia de dois indivíduos que Sholmes reconheceu como agentes da polícia inglesa.

Em seu banco, Lupin dormia...